O RUÍDO DE UMA ÉPOCA

© 2024 by Editora Instante

EL RUIDO DE UNA ÉPOCA by Ariana Harwicz. © 2023 by Ariana Harwicz.
Publicado sob acordo com a autora. Todos os direitos reservados.

Direção Editorial: **Silvio Testa**

Coordenação Editorial: **Carla Fortino**
Edição: **Fabiana Medina**
Revisão: **Andressa Veronesi**
Capa e projeto gráfico: **Fabiana Yoshikawa**
Diagramação: **Estúdio Dito e Feito**
Imagens: **Freepik.com** (capa) **e Morgan Von Gunten / Unsplash** (verso da capa)

1ª Edição: 2024

Dados Internacionais de Catalogação na Publicação (CIP)
(Angélica Ilacqua CRB-8/7057)

Harwicz, Ariana
    O ruído de uma época : aforismos, correspondências e ensaios / Ariana Harwicz ; tradução de Silvia Massimini Felix. — 1ª ed. — São Paulo : Editora Instante: 2024.

ISBN 978-65-87342-52-8
Título original: El ruido de una época

1. Literatura — Crítica 2. Literatura — Aforismos
3. Liberdade de expressão I. Título II. Felix, Silvia Massimini

24-0102

CDD 809
CDU 82.09

Índices para catálogo sistemático:
1. Literatura — Crítica

Direitos de edição em língua portuguesa exclusivos para o Brasil adquiridos por Editora Instante Ltda. Proibida a venda em Portugal, Angola, Moçambique, Macau, São Tomé e Príncipe, Cabo Verde e Guiné-Bissau.

Texto fixado conforme o Acordo Ortográfico da Língua Portuguesa de 1990, em vigor no Brasil a partir de 2009.

www.editorainstante.com.br
facebook.com/editorainstante
instagram.com/editorainstante

O ruído de uma época é uma publicação da Editora Instante.

Este livro foi composto com as fontes Arnhem e Think
e impresso sobre papel Offset 90g/m² em Edições Loyola.

ARIANA HARWICZ

O RUÍDO DE UMA ÉPOCA

Aforismos, correspondências e ensaios

TRADUÇÃO
Silvia Massimini Felix

instante

SUMÁRIO

NOTA DA AUTORA — 5

A ESCRITA DOUTRINADA — 7

AK-AH — 79

O ESCRITOR APARENTA SER UM MORIBUNDO — 99

SOBRE A AUTORA — 143

SOBRE A CONCEPÇÃO DA CAPA — 144

NOTA DA AUTORA

Se este livro tem algum sentido, é o de afirmar a necessidade do paradoxo. Não estou sendo nada original, o paradoxo é ir contra a opinião geral, contra a lógica, é celebrar a contradição. Qualquer pensador, qualquer crítico, qualquer artista afirmava (antes) sua retórica e sua poética na desobediência. Ou seja, na resistência a pensar de uma única maneira. Pensar é pôr em tensão, ao mesmo tempo, duas coisas opostas. No entanto, por alguma razão que não consigo compreender, nos últimos tempos a necessidade de desobedecer enfraqueceu; em geral, ninguém parece se importar muito com a cultura da intimidação na arte. Parecem até gostar dela, contanto que não haja muito sangue.

Num tuíte recente, escrevi: "'Nunca fomos tão livres quanto sob a ocupação alemã', dizia Sartre em 1944. Obviamente, aqueles que não quiseram entender gritaram: escândalo, escândalo. Sob a ocupação, sob ditaduras comunistas, os indivíduos preservavam sua liberdade interior, porque o inimigo estava fora. Agora está dentro".

Depois, em outro tuíte: "Um professor chileno de letras, da Universidade de Oklahoma, me disse que durante a ditadura de Pinochet ele se sentia menos vigiado do que agora. Um professor de filosofia francês contou ter se aposentado antes do tempo na Sorbonne porque agora está sendo mais controlado do que em seus últimos trinta anos".

Então fui acusada (sem chegar ao linchamento e ao cancelamento, por sorte) de ser pinochetista, de estar profundamente apaixonada por Pinochet e por todos os ditadores da América Latina e do mundo. Com a lógica de que você não pode dizer isso porque está fazendo o jogo do inimigo, não se pode dizer isso porque equivale a dizer que estávamos melhor no tempo da ditadura, restringe-se a possibilidade de pensar a época. Pensar a época (e qualquer coisa) é ficar sob suspeita e contradição. As minorias têm mais visibilidade hoje? Sim. Estão sendo instrumentalizadas? Sim. É bom pensar no ser humano em toda a sua diversidade? Sim. É bom para a arte que se imponham critérios extra-artísticos para a obra de um artista? Não.

Escrever literatura é uma operação contrária à passagem ao ato, ela troca, substitui, a passagem ao ato. É justamente por isso que devemos concordar que um romancista que descreve um ato canibal ou um rapto não deve ser interceptado pelas Forças da Ordem e atirado num calabouço.

Como dizia Imre Kertész, tradutor de Nietzsche (nota-se em seu gosto pelo paradoxo), escrever é um tiro no coração, é como uma enfermidade mortal. É exatamente por isso que escrever é a única salvação possível.

A ESCRITA DOUTRINADA

Escrever sem ofender alguém é um oximoro. Montaigne é o melhor adversário de Pascal. Aron, o de Sartre. Escrever é uma controvérsia subterrânea. Em 1918, os alemães escreveram livros de vingança. Os franceses, por outro lado, escreveram livros de paz. É fácil imaginar quais foram os melhores. O politicamente correto é a gangrena da arte neste século. Um cartunista francês disse: "O que é bom para a caricatura não é necessariamente bom para a democracia". Que cada um escolha o amo a quem obedecer.

Esta época lê mal porque lê a partir da identidade. Os pró-wagnerianos veem Wagner como Deus. Os antiwagnerianos o veem como um nazista. O problema é que Wagner não é nem apenas Deus, nem apenas um nazista, mas os dois ao mesmo tempo. Se a ambiguidade for eliminada num artista, ele será destruído.

Não há romances que sejam contra o racismo ou a misoginia. Há apenas aqueles que adotam a língua do inimigo e aqueles que fabricam uma língua fora da submissão. Mas, às vezes, vítima e algoz falam a mesma língua. Antes de escrever, para mim tudo é destruição, qualquer palavra parece caduca, as palavras se desfazem "na minha boca como cogumelos podres". As palavras fora da escrita são lobotomizadas. Mas, ao escrever, a linguagem é refeita, reconfigurada, renascida. Escrever um romance é escrever a história de uma vergonha. É por isso que é sempre tão paradoxal escrever, porque se escreve a vergonha, mas é preciso perder o pudor. Escrever é ser um pária. Nunca tenho tanto medo de olhar para mim mesma como quando escrevo.

Pode-se adotar uma pose em tudo: fazer livros falsos, filiar-se cinicamente a uma ideologia contrária, mostrar-se progressista e ser de direita, fingir ser má ou boa mãe, ser moderno quando se detesta a modernidade etc. O que não se pode fazer é mentir na língua, as palavras que escolhemos não mentem, ali toda a verdade aparece.

"Esses artistas de hoje são uma farsa não apenas no que diz respeito a sua assim chamada obra, mas também no que se refere a sua própria vida [...]. Alternam continuamente a farsa que é sua obra com a farsa que é sua vida; o que escrevem é uma farsa, o que vivem, também [...]."

Mestres antigos, Thomas Bernhard

Escrever é se subtrair à vida. Mas, para escrever, é preciso viver. Agora percebo até que ponto primeiro é preciso se lançar à vida, esquecendo a escrita, para depois começar a escrever, esquecendo a vida. Escrever é, antes de tudo, uma operação temporal, como a música. Escrever é mais do que viver, é viver duas vezes. Ou é menos do que a vida, é uma relação especular, oblíqua, distorcida. É por isso que às vezes um texto nos faz chorar. Mas o mérito da emoção não é literário, o mérito é todo da vida. E vice-versa.

Há uma reconversão forçada na literatura: uma inquisição. Está se reescrevendo a literatura infantil e também a história, uma revanche em que opera uma instrumentalização das minorias. Marguerite Duras é mostrada como uma mulher oprimida quando não o foi, já que ela mesma disse que não era feminista e não acreditava em rótulos, assim como Yourcenar. E, ainda assim, Duras foi uma mulher crucial em sua época. Trocaram o nome de George Sand por seu nome feminino de nascimento, Amandine-Aurore-Lucile Dupin, mas George Sand decidiu ser do terceiro sexo, nem homem, nem exclusivamente mulher, como Flaubert a chamou. Isso é ir contra a vontade do autor. Procuram-se tradutores afrodescendentes para traduzir autores afrodescendentes, não binários para traduzir não binários. Essa redução do ser humano à sua condição genital, biológica, de identidade de gênero, sexual ou à sua cor da pele é típica do fascismo. É uma classificação da qual se fugiu com horror no século XX e que hoje estamos, com a ajuda de colaboradores, retomando na arte. Esvaziar a linguagem de violência é impossível.

A melhor coisa que poderia acontecer a um artista é assumir suas contradições, sua dupla face, sua dupla moral. "Eu me declaro antiburguês, mas não arrisco nada e acumulo poder." "Faço filmes a favor da justiça, mas sou violento com minhas companheiras." "Sou feminista, mas me comporto mal com as mulheres." "Sou humanista, mas o antissemitismo não me parece tão ruim." E assim por diante, um por um.

Escrevi um romance do século XXI e fracassei. Eu o destruí, mas os escombros ainda permanecem. Os novos personagens dormem quase sentados, os deitados estão mortos, há fumaça, lebres destripadas pendem da chaminé. Para pertencer à sua época, um romance deve, acima de tudo, não ser da sua época. Para encontrar a escrita, às vezes é preciso não escrever, não conhecer o enredo, nem o personagem, nem a trama, nem a intriga. Não escrever, e sim buscar o desejo de escrever, a busca desse desejo já é um procedimento literário. A língua que se forma nesse único desejo não existe antes nem depois, não foi criada. Como disse Vladimir Maiakóvski: "Já tenho o romance, agora só falta escrevê-lo".

Não deveriam dar um prêmio literário a um(a) escritor(a) por seus compromissos políticos públicos, por seu posicionamento de defesa dos direitos humanos. O âmbito público é uma fraude. Beauvoir e Sartre jogaram Bianca Bienenfeld, sua jovem amante judia e brinquedo sexual, na boca dos nazistas. Neruda, comunista e lutador, deixou morrer de fome Malva Marina, sua filha com hidrocefalia, a quem chamava de "o monstro de três quilos". Malraux, herói francês, chamou sua odiada filha Florence de "o objeto". "O artista tem de começar sua obra com o mesmo ânimo que um criminoso", diz Degas. "Quando começo a escrever, o mundo se torna meu inimigo", diz Kertész.

Quando jornalistas, mediadores e editores de qualquer festival e encontro literário de diversos países enfatizam que somos "escritoras mulheres + nascidas nos anos 1970 + latino-americanas", o que buscam é nos alienar. Somos reunidas sob um mesmo lema, uma associação, uma condição, uma cota: o combo de sermos mulheres, da mesma geração e latinas. Isso pode parecer uma política de apoio, visibilidade, inclusão e justiça diante de séculos de apagamento da mulher em todas as áreas, e a princípio pode ter sido assim. Hoje acredito que esse discurso, onipresente e totalizante, é contrário à valorização de uma língua, de uma obra, de um universo ficcional. A única condição de um escritor, seja de qual geração, cultura e época ele for, é a de ser único e irredutível.

Curiosamente, tenho consciência de ser escritora todos os dias. Sinto isso quando leio, quando ouço música, quando concedo uma entrevista ou quando percorro milharais e vinhedos. Exceto quando escrevo. Quando escrevo, não sou escritora, não sei o que sou, mas escritora, não.

Sempre fui obcecada pelo fato de existirem palavras. Essa correlação perturbadora entre viver e falar, escrever e ler. Que possamos ouvir e dizer palavras de alguém que viveu há mil anos, que acabou de morrer, que está embalsamado. Como é possível existir a palavra "crepúsculo" e, ao mesmo tempo, existir o crepúsculo? Como é possível que a palavra "pesadelo" exista e se assemelhe, de fato, a ter um pesadelo, tudo isso tão borgiano, que varia em cada língua. Quando escrevo, nunca tenho a sensação de estar escrevendo nem de estar rodeada de palavras ou de estar operando com algo que já existe. Dizer "Vou te amar até o fim dos meus dias" significa algo na vida, mas não significa absolutamente nada se o escrevo assim num romance. Como uma árvore ou uma poltrona: na cena teatral, elas não são nem uma árvore, nem uma poltrona, mas o que são? Esse é o trabalho. A mesma coisa ocorre ao escrever: é preciso começar do zero, ressuscitar as palavras, fazer-lhes uma reanimação cardiopulmonar. Acho que escrever um romance é cavar túneis para fugir, aquela deterioração física com pancadas na cabeça e areia nos pulmões, aquele estado alucinatório por não dormir e, ao mesmo tempo, aquela sede de chegar ao fim do túnel. A língua é um sistema de canais, um sistema ferroviário, são passagens encobertas. Por isso, toda alienação da língua é uma forma, é a grande forma de escravidão. Toda vez que escrevo, sinto que estou prestes a explodir uma embaixada ou escapar disfarçada dentro de uma grande caixa para instrumentos musicais.

Zelda Fitzgerald morre queimada no hospital psiquiátrico e seus textos se perdem.

Clarice Lispector adormece com um cigarro aceso e quase lhe amputam a mão com a qual escreve.

Ingeborg Bachmann morre depois de um incêndio em sua casa causado por um cigarro mal apagado e deixa sua obra incompleta.

Sobre os personagens:

É preciso ter o mesmo respeito pela vítima e pelo algoz.

Não devemos tomar partido a favor ou contra, ou seria uma má prática. Como um psicanalista de casais, que faz transferências com um dos dois.

Nunca sabemos tudo sobre os personagens. Saber tudo sobre alguém é uma ideia perversa e lunática que só megalomaníacos como Nicolae Ceaușescu ou Muammar Gaddafi poderiam ter, se se dedicassem a escrever. O personagem sempre guarda algo de misterioso para si mesmo, porque nem mesmo ele sabe do que é capaz.

Os personagens são capazes de fazer coisas fora de sua moral e consciência. Ninguém, nem mesmo o personagem, é capaz de realmente saber do que é capaz. Aquele que acredita que não é capaz de matar é porque ainda não esteve numa situação em que seria.

Um personagem que matou não se reduz a um criminoso.

Um personagem que é vítima de violência não se reduz a vítima.

É preciso pensar os personagens contra si mesmos, negando-se a si mesmos como personagens, menos um.

Reduzir as contradições dos personagens não é apenas impossível, mas antiliterário. Embora a literatura esteja repleta de antiliteratura, é claro.

A grande diferença entre um escritor e um trabalhador da escrita (ou um escritor profissional) é que o último controla sua obra. Ele se põe a serviço da demanda. O romance não pode ser muito curto, mas também não muito longo, deve se adequar a um gênero, não ter muitos diálogos, ser latino-americano, mas não completamente. Esse escritor inspeciona sua escrita numa torre de controle, com o agente literário ao telefone. Por outro lado, o escritor não profissional não pode controlar seu coração, precisa fazer o livro que precisa fazer, até as últimas consequências. Precisa escrever o que tem de escrever. Mesmo que não seja o livro que lhe convém, mesmo que destrua sua figura de autor, mesmo que não seja o que se espera dele, mesmo que o avisem que assim não terá muitas traduções nem prêmios. E, acima de tudo, mesmo que possam cancelá-lo. A missão da literatura não é separar o carrasco de sua vítima ou julgar quem deve ser condenado à morte, mas sim transgredir. Um pouco como aqueles que trabalham com material explosivo: nunca sabem quando a granada finalmente vai falhar e explodir, destroçando suas mãos.

A escrita nunca é autobiográfica, mesmo que todos os fatos **tenham** existido, mesmo que a literatura seja uma forma **privilegiada** de memória, até mais do que a vida. Kertész **diz que sua** composição é abstrata, feita de signos. Sua linguagem é atonal, Arnold Schönberg, tão verdadeira quanto sua deportação.

Um editor de uma grande editora espanhola, depois de alguns drinques, me confessou que eles aproveitam para vender rápido os escritos "femininos" e as autoras "com personalidade" antes que percam o interesse aos olhos do mercado. Talvez tenha dito isso sob a influência do álcool, não sei. Depois, acrescentou que ainda temos muito tempo para aproveitar. Para uma nova tradução de meu livro, a editora me anunciou que procuraria a tradutora ideal. Perguntei-lhe o que queria dizer com "a tradutora ideal". Respondeu: "Uma mulher ousada, como a personagem e a autora". Comentei que não sou só mulher enquanto escrevo, assim como a personagem também não é, e muito menos ousada. Que justamente só escrevendo é possível deixar de ser o que se é. Ou desconhecer o que se é. Nesse caso, sugeri que ela procurasse uma tradutora mulher, mas com transtorno de personalidade.

Existe uma construção cultural baseada em slogans: passamos do "É proibido proibir" do Maio de 1968 para o atual "É proibido odiar". Na França, vimos isso depois dos atentados de 2015 e os posteriores; os slogans eram "Você não terá meu ódio" e "Paris é uma festa", enquanto Paris se inundava de sangue, de corpos mutilados por terroristas que massacravam com técnicas de guerra, incluindo enfiar testículos na boca etc. "A festa deve continuar" é um slogan patológico, negacionista, impugnador e bruto. Vivemos na era da negação: um fluxo que vai diretamente, como uma transfusão, da veia política para a da arte. O imperativo é criar obras nas quais o ódio, a discriminação e a ofensa sejam cancelados.

Quando, num festival de literatura, somos reunidos sob o título exclusivo de "escritores latino-americanos", me pergunto por que não fazemos em nossos festivais internacionais "mesas literárias de europeus". Seria mais interessante pensar também em outros critérios para reunir escritores. É cansativo (e repetitivo) o exercício de oferecer a eles aquilo que mais lhes agrada em nós, tópicos bem latinos: ditadura, guerrilha ou drogas para os festivais mais concorridos. Defender "boas causas", representar bem a categoria. Contudo, se queremos ser escritores, é melhor evitar tudo isso.

Festival literário: os escritores sobem ao palco, a câmera é ligada, assumem uma posição política. Na Sérvia, contra Milošević e pela paz na Ucrânia. Se questionados, condenam o Nobel de Peter Handke. Se questionados, ou mesmo se não (pois há muitos voluntários que querem agir como informantes, mesmo sem remuneração), dizem que Annie Ernaux é humanista. Depois saem dos palcos e, nos bastidores, durante o jantarzinho entre escritores, são muito mais interessantes.

Que depravado o discurso que retrata as mulheres como inocentes por natureza, ovelhinhas sem malícia, seres sem fanatismo nem ódio, incapazes de atos macabros. Não é assim que são defendidas ou respeitadas, que se faz justiça, que se consegue igualdade e emancipação. Mas, acima de tudo, é assim que são negadas. As mulheres que torturam crianças também são mulheres. Ilse Koch era mulher, nascida de outra mulher, e criava objetos usando a pele dos prisioneiros de Buchenwald e Majdanek. Marie Curie era mulher e, com radiografias, salvava de amputações os soldados no campo de batalha.

Fui repreendida por não adequar minha fala ao uso atual. Disseram que o que digo é violento e ofensivo, por causa da maneira como o digo, ou seja, que a língua que falo é a culpada pela ofensa. Gostaria de saber como posso apontar a violência daqueles que adaptaram seu dicionário e sua linguagem a este tempo, daqueles que contestam os usos da linguagem que não se adapta à sua ideologia. Quando escrevo, aceito tudo que existe, vejo tudo, estou disposta a tudo. Não evito certos adjetivos, não censuro certas expressões, basicamente porque não sou juiz, não estou num tribunal correcional. Um romance não é uma audiência judicial. Não é uma sentença. Pensar moralmente sobre os personagens é como se Beethoven tivesse censurado uma nota de sua sonata por excesso de sensualidade.

O piano consegue purgar a demagogia. Sem título, sem quarta capa elogiosa nem orelha contando intimidades do autor, se tem ou não filhos, sem piscadelas para os assuntos do momento, sem declarações ou bajulações. Apenas um homem diante do piano. Grigory Sokolov. Ele nem sequer olha para o público. A obra por si só. Um romance deveria soar assim.

Por que o escritor deveria se adequar à mentalidade de seu tempo? As melhores obras foram transversais, oblíquas: adiantaram-se ao pensamento de sua época ou retrocederam. Se aplicássemos os limites da vida civil à ficção, qual sentido teria a arte? Seria como uma cópia ruim da vida. A arte é uma visão, e as visões são sempre proféticas.

Ao fim de quase um século vivido, Sándor Márai deixou em seus diários todo o asco que sentia pela escrita. Escrever que sente asco pela escrita é pôr em prática a contradição. Márai confessou, no fim de uma longa vida dedicada à literatura, que escrever era um esforço vão, senil, que as palavras eram cianureto. Mas também disse em seu último diário: "No entanto, é preciso contar o que se esconde por trás de tudo". No entanto, tudo cabe ali.

"O Estado sempre financiou a literatura para liquidá-la", declarou Imre Kertész. O autor começou a escrever *Sem destino* no ano da morte de Céline. E Céline escreveu *Viagem ao fim da noite* logo depois do nascimento de Kertész. O Céline nazista e o Kertész deportado para Auschwitz e Buchenwald tinham a mesma ética ao escrever: não ceder às palavras da cultura de massa. No palco, Gérard Depardieu entoa um cínico *mea culpa* por sua relação com a Rússia (*"Chechnya, no problem"*) [Chechênia, sem problema], e há vaias e aplausos. Os artistas de hoje aceitam o linchamento e a depuração pelas massas.

Nos festivais literários, importa muito mais se mostrar ecologista, anticapitalista, vegano, antirracista e pró-imigração e inclusão que a obra em si, que as reflexões que os autores convidados possam ter sobre literatura. Nos programas, nas mesas, menciona-se em destaque se você é dissidente, pró-Palestina, humanista etc. Mas não importa se você é antirracista mas antissemita, se é ambientalista mas pedófilo, isso não é visto como uma contradição. O importante para os organizadores é que você tenha uma causa e a mostre abertamente, mesmo que entre em conflito com outras. É quase como se nós autores fôssemos convidados aos festivais literários para lavar dinheiro, ou a consciência. A literatura hoje é uma cópia da vida inautêntica de Heidegger. O mercado literário hoje é a hipérbole dos dois pesos e duas medidas.

Ao reler *A cabeça de obsidiana*, de André Malraux, escrito em 1974, me dei conta de que é um dos meus livros de cabeceira. Para Malraux, Picasso resumia e reconfigurava, no século XX, todos os séculos anteriores; canalizava todas as lutas porque, na realidade, todas as lutas eram e são contra a morte. Proust, Velázquez e Rembrandt também lutaram contra a morte. Malraux dizia que a arte é o antidestino, pois luta contra a morte.

Dissemos dez vezes à moderadora do colóquio que o escritor homem não se sentia *homem* quando escrevia. E que eu não me sentia especificamente *mulher* quando escrevia. Mas ela insistiu: "Do ponto de vista masculino, o que você pensa sobre Virginia Woolf?". "E você, Ariana, do ponto de vista feminino, o que acha de *Orlando*?"

No momento em que um intelectual cede ao pensamento único, histericamente se recusa a tentar entender o ponto de vista do outro (ainda que seja um inimigo, sobretudo um inimigo); nessa recusa de querer saber, ele deixa de ser um intelectual. Acredito que hoje existem dois estilos irreconciliáveis: aqueles que assumem a independência da literatura e os que escrevem apontando a arma da ideologia. Mas, acima de tudo, há duas maneiras de ler, também irreconciliáveis. Uma das tradutoras de *A débil mental* me pede para abrir aspas quando a personagem se refere a si mesma como retardada mental. Ela diz que, em seu idioma, é ofensivo. "No meu também", respondo. "É por isso que estou propondo que abramos aspas", ela me diz. Isso equivaleria a usar próteses morais ou aspas policiais.

A síndrome de Sally Rooney é muito vista nos corredores e bastidores da literatura. Para vender mais, para estar do lado do Bem (mesmo que seja necessário apoiar criminosos, principalmente contra as mulheres, e acentuar a judeufobia), adere-se às causas políticas que se destacam na mídia. Essa busca pela pureza ideológica já era característica do nazismo, é própria de qualquer sistema totalitário. A particularidade é que agora se faz em nome da democracia. Da democracia radicalizada, ou seja, totalitária.

A obra aparece por trás de toda evidência:

Debaixo do vulcão não é sobre alcoolismo.

O pedido de casamento não fala da hipocondria do solteirão.

Uma casa de bonecas não é uma obra feminista.

A pianista não atenta contra a dominação materna.

Mrs. Palfrey no Claremont não conta a vida em casas de repouso para idosos.

Que escritor extraordinário é Van Gogh, entendo seus quadros ao ler suas cartas, entendo sua escrita ao ver seus quadros. Muitos pintores e pianistas conseguem descrever o mistério da literatura com mais profundidade do que os escritores, talvez porque vejam as palavras a partir de outra dimensão.

Estou na França, mas não estou na França. Há um conto de Katherine Mansfield em que uma mulher recém-casada fuma na sacada durante a noite de núpcias, mas já se vê fora do casamento, como os amantes que param de se encontrar embora continuem sendo amantes, psiquicamente. Escrever é poder captar aquilo que, enquanto é, já não é mais. Quando estou pronta para voltar a escrever, sou como um soldado em posição de tiro, o dedo indicador no gatilho. A escrita aparece antes, como um antídoto, como morfina antes de ser ingerida. O chamado estilo nada mais é do que evitar que a arma dispare antes do tempo.

De nada vale um concurso que oferece dinheiro como "estímulo econômico" se as obras tiverem de cumprir requisitos como "não ter conteúdo agressivo, não atentar à moral, não ofender, não conter palavras obscenas etc.". Pedem que os participantes aceitem, nas cláusulas do concurso, a morte da escrita dos aspirantes a escritores. Fiquei bastante sozinha nessa reclamação, parece que muitas pessoas acharam a ideia fantástica.

Muito bem, já que estamos falando nisso, voltemos a Theodor Adorno: a arte não precisa ter nenhuma função. A arte não é o Ministério da Justiça, nem o Social, nem o das Mulheres, nem o da Igualdade, nem o da Família. Voltando a Rimbaud: "A arte é a perda da moralidade, a literatura não precisa ter como objetivo nos tornar pessoas melhores".

De onde vem a beleza? Do horror. O que é o ser humano? É o austríaco que trancou e engravidou a filha no porão da casa da família; o médico francês que estuprava meninos anestesiados na sala de cirurgia. Tortura e autodestruição, entre outras coisas; bondade e piedade também. Se isso não pode ser sublimado por meio da escrita, pulamos todo o século XX, pulamos os epistemólogos, os psicanalistas, os filósofos, os linguistas. Evitamos a única saída: a sublimação. Cancelar obras com o pretexto de que são homofóbicas ou por apropriação cultural é uma viagem de mão única. Depois os que cancelam são, por sua vez, cancelados, e tudo recomeça.

Malcolm Lowry envia uma carta apaixonada ao seu editor para impedir mudanças em seu livro.

Mahler ri dos críticos que o chamam de louco e charlatão com sua *Sinfonia nº 5*.

Proust espera a rejeição categórica de André Gide.

O que importa é a fé na obra, não a recepção da época.

Falsos sobreviventes do atentado ao Bataclan. Falsas vítimas de agressão policial. Falsos religiosos. Falsas identidades sexuais. Falsos ex-combatentes na Ucrânia. Falsos sobreviventes dos campos soviéticos. Falsos doentes terminais e falsos mortos enterrados. Mais do que nunca, agora, em tempos de identidade patologicamente única e imposta ao homem, mais do que nunca, agora, a falsidade.

A descrição da própria realidade, viver, é vista como incitação ao ódio. A arte que não responde a ordens ideológicas é processada e acusada de xenófoba, islamofóbica, transfóbica. Toda a extensa semântica da "fobia" é usada para que se abandone o pensamento. Supor que se lê a partir da identificação primária é um erro. Quando se lê, não se sente identificação com o que é idêntico a si mesmo. Para me sentir identificada, não procuro uma personagem que seja uma mulher branca de quarenta e três anos, com dois filhos, que vive na Europa, cujos antepassados estiveram nos pogroms do Leste Europeu. Não é assim que se lê. Caso contrário, nunca seria possível se identificar com um personagem do século XV, com um alienígena ou um super-herói, com Drácula ou com a invocação do super-homem de Nietzsche. Lê-se para esquecer-se de si, para apagar-se, para des/fazer-se, para des/identificar-se, para romper com a mentira do eu, para des/individualizar-se.

Pouquíssimos hoje seguem a premissa kafkiana: "Escrever é saltar fora do mundo dos assassinos". Escreveu Kafka: "Somos capazes de viver porque mentimos. Escrever é ver como somos inocentemente culpados. A literatura é o comércio com os fantasmas. A literatura é o lugar do impossível e, sobretudo, escrever é substituir a Lei". Desconfio de uma obra que me anuncia com um cartaz de alerta vermelho: "CUIDADO, esta obra vai transgredir".

Nem homem, nem mulher, nem terceiro sexo.

Virginia Woolf disse: "Escrever é atravessar as aparências".

Ivan Turguêniev disse sobre George Sand: "Que homem corajoso ela foi!".

Sidonie-Gabrielle Colette disse: "Quando escrevo, sou uma hermafrodita mental".

Clarice Lispector disse: "Escrever é fazer a palavra dizer o que a palavra não é".

Perguntaram a Gérard Depardieu que homem gostaria de ser e ele disse: "Catherine Deneuve".

Dois tipos de escritor definem dois estilos e duas éticas: há aqueles que defendem não dar nada de graça, nada de concessões; também há os que acreditam que é preciso apaziguar, reconciliar e perdoar. Os perdoadores oficiais. Pode haver traidores de ambos os lados. Da mesma forma, há dois tipos de degenerados: aqueles que, uma vez denunciados, olham nos olhos de suas vítimas e pedem perdão, e aqueles que, diante do escárnio público, gritam que não assumem seus atos, que não se arrependem de nada porque não são culpados de nada nem sentem compaixão ou remorso. O mesmo se dá com os escritores. "O homem da modernidade é um ser centrado em si mesmo, incapaz de grandes desejos, empenhado em se preservar e evitar a dor", diz Nietzsche. "Resistir implica que o sujeito tome a si mesmo como obra de arte", diz Foucault. E assim eles resumem toda a época.

Li na imprensa que sua obra não é humanista. Que não é moral. Que não contribui para melhorar a humanidade. O que você diz sobre isso? Qual é o papel do escritor? Eles provavelmente têm razão, quem sabe?, respondeu Isaac Bashevis Singer ao receber o prêmio Nobel em 1978.

Shakespeare inventou milhares de palavras que, a princípio, eram verdadeiras na boca de seus personagens: regozijo, obscuro etc. Os biógrafos criam aventuras para seus autores que depois não conseguem desmentir. As paisagens parisienses mais reais são pintadas por pessoas que nunca visitaram Paris.

Algumas obras selecionadas:

Vá e veja, de Elem Klímov
A ascensão, de Larisa Shepitko
Os quadros de Séraphine Louis
LTI: a linguagem do Terceiro Reich e *Os diários de Victor Klemperer: testemunho clandestino de um judeu na Alemanha nazista 1933-1945*, de Victor Klemperer
Liquidação, *O fiasco* e *Dossier K.* [Dossiê K.], de Imre Kertész
Diarios 1984-1989 [Diários 1984-1989], de Sándor Márai
Mestres antigos e *Árvores abatidas*, de Thomas Bernhard
Sonata, Op. 5; Piano Pieces, Op. 3, de Richard Strauss, interpretadas por Glenn Gould (CBS Records #38659)
Lettres à Sophie Volland [Cartas a Sophie Volland], de Denis Diderot
Diário de viagem, de Albert Camus
Uma vida interrompida, de Etty Hillesum
Prelude and Fugue: nº 2 in C Minor, BWV 847, de Johann Sebastian Bach, interpretado por Sviatoslav Richter

O castelo em ruínas Château de Passy-les-Tours
A velha ponte de 1520 de La Charité-sur-Loire
A consolação da filosofia, de Boécio
Temor e tremor, de Søren Kierkegaard
Os quadros de Sofonisba Anguissola
"Laue Sommernacht", de Alma Mahler

Contos de Kolimá, de Varlam Chalámov

Stevie Wonder, porque escrever é tentar fazer música.

Gosto do que Faulkner diz sobre a escrita: "Quem quer ser escritor pensa no leitor, no público. Quem quer escrever só escreve". Na escrita, não há pacto possível com nada, não há barganha, não há atalho. O escritor é responsável apenas por sua obra.

O campo literário é mafioso.
Para entrar, é melhor ir calçado.

Os maiores inimigos do escritor:
a profissionalização e a impostura.

De onde vem a infância morbidamente sexual em *A débil mental*, de onde vem a puberdade infectada pelo erotismo adulto em *Precoce*, de onde vem o vício, a depressão, aquele corpo atacado em *Morra, amor*? Vêm da música das infâncias e adolescências que nos fizeram viver ou que vivemos involuntariamente. Vêm daqueles abusos velados, quando não tínhamos palavras para entender.

Um alemão me encontra num bar em Paris para uma entrevista. Chega com meus romances em inglês e alemão. Conversamos sobre a pena de morte e os infanticídios no interior da França. Ao nos despedirmos, ele me diz que achava que eu era mais perversa. Não sei o que ele esperava, que eu o decapitasse ali mesmo?

Escrever um romance é a coisa mais próxima de ser advogado do diabo. Advogado do acusado e do inocente ao mesmo tempo. Escrever é um exercício de paranoia extrema em que é preciso enxergar os inimigos de todos os lados e os assassinos disfarçados. "Mergulhe na escrita", digo a mim mesma, embora saiba que não escrever também faz parte da escrita. O mais difícil, sem o qual não se pode começar, é criar a má consciência necessária para escrever.

Um romance não começa quando é escrito ou pensado, mas quando a vida se submete ao romance. Hoje vi um casal brigando. Ele saiu do carro e desceu até o rio. Um esquilo subia numa árvore. Quando vi aquilo, simplesmente me perguntei: "Por que o casal brigou na beira desse rio e por que o esquilo subiu na árvore, senão para que eu escrevesse isso?".

Todo romance é um processo contra si mesmo. "Escrever é sempre julgar a si mesmo", dizia Ibsen, "uma obra de demolição". "Um autoexame", dizia Aleksandr Soljenitsin. Escrever é sair do autoengano, tentar e fracassar, fazer as pazes consigo mesmo. É preciso aceitar estar morto para escrever. Acho que nenhum grande romance foi escrito a partir da vida. Apenas podendo morrer, ver exatamente o que um morto vê, é que se chega à escrita. "Voltar à superfície com os olhos ensanguentados", dizia Melville. O talento, por si só, não serve para escrever. Victor Hugo conta que um poeta suíço chegou a Paris na época do romantismo e se suicidou porque tinha apenas talento. Escrever exige coragem, inclusive coragem para matar o talento.

Klemperer conta que, terminada a guerra, no fim do verão de 1945, observou como os opositores do nazismo falavam a língua do nazismo, exalavam nazismo em sua retórica. A luta política de um escritor é esta: não escrever com a língua do poder.

Existem dois tipos de guerra. A de 1914, com trincheiras, ratos, piolhos, sangue, letargia e minutos de terror; e a guerra moderna, digitalizada, hipertecnológica e calculada, com horários para sirenes antiaéreas e cortes noturnos de energia, os quais permitem, entre os bombardeios, uma vida normal simulada. Para escrever, os dois tipos de guerra são necessários. Nem tudo pode ser programado, correndo o risco de uma escrita programática, mas nem tudo pode ser sangrento, corpo a corpo, sob o risco de errar o tiro e ser vencido pelo inimigo.

Em 1991, os arquivos da Stasi foram abertos. Muitos quiseram saber quais foram seus espiões e delatores. Foram seus próprios irmãos, amigos e pais. Houve mães que espionavam a filha, sem saber que a filha também as espionava. Ninguém conhece ninguém, e ninguém se conhece, até sentir medo.

Simon Leys conta que, enquanto Glenn Gould lutava com uma interpretação, a mulher que limpava sua casa ligou o aspirador perto do piano. Gould percebeu que, ao não escutar, nada se interpunha entre ele e a música. Pediu à mulher que nunca mais desligasse o aspirador. Assim, pôde imaginar a música que tocava, recriá-la, gerando uma forma superior de música. O que aconteceria na escrita se, ao escrever, não se ouvissem as palavras, se não fosse possível lê-las com seu significado? Se, ao escrever, uma forma de silêncio interferisse no que está sendo escrito, transformando-o em outra coisa. Essa conversão radical é indispensável.

Se Paul Celan não tivesse lido Heidegger por repulsa à adesão do filósofo ao Partido Nazista, seus poemas sobre o sofrimento da Shoah seriam outros. Hannah Arendt escreveu **graças a Hitler**. Se não tivesse escrito na língua do inimigo, **não teria** sido capaz de atacá-la. "A única maneira de defender a língua é atacá-la", diz Proust.

A Casa de Ópera de Odessa continua aberta. As pessoas veem *Aida* e, em seguida, correm para se refugiar dos apagões de luz. Não executam óperas russas porque são consideradas do inimigo. É compreensível. Embora Larisa Shepitko, Elem Klímov e Andrei Tarkóvski tenham me ensinado o significado da dissidência na arte.

Fazem você pagar pela liberdade, e caro. O maior medo, há muito tempo, é menos o de desaparecer do que o de cada um assumir sua parte de liberdade. Isso requer uma enorme coragem. A vida privada, que hoje se celebra, está privada do quê? A época nos pede para vivermos tranquilamente uma vida de renúncia.

Esta época nos presenteia com um novo modelo de artista consagrado e amado. É o artista com seguidores que lotam estádios, que o levam a superar recordes, que veem tudo o que ele faz, mas não gostam de sua música, não se emocionam com suas canções. E, então, o que eles celebram? Eles celebram a pessoa. São como um fã-clube da pessoa. São os artistas que trabalham em sua imagem política, trabalham para agradar. Em última análise, este século nos presenteia com escritores que odeiam escrever e cantores que odeiam cantar, com fãs que odeiam seus livros e suas músicas.

Quando penso na posição ideal para escrever, não acho que seja em pé como Hemingway, nem como Churchill (que precisava estar parado para se exaltar), nem como Woolf ou Roth. Também não é deitado como Voltaire, que da cama ditava para sua secretária, nem como Orwell, Proust, Capote ou Edith Wharton, que escreviam na cama, rodeados por seus animaizinhos. Também não é na icônica escrivaninha com peso de papel e tinta. Minha posição ideal para escrever é a de Sviatoslav Richter, que se sentava ao piano como ninguém, que "desmoronava" o piano. Richter dizia: "A única condição para tocar piano é tocá-lo como se você nunca tivesse feito isso antes". Essa liberdade foi muito maior do que se ele tivesse proclamado sua oposição ao regime soviético.

Joseph Roth era alcoólatra, caótico; Stefan Zweig era metódico, rigoroso, como Thomas Mann. Mas era Roth quem corrigia os excessos estilísticos de Zweig. E era Zweig quem tentava frear o alcoolismo de Roth para evitar que ele se matasse. No entanto, foi Zweig quem se matou.

Para se vingar, na arte, é preciso ser inimigo de si mesmo.

Anne Sexton podia escrever sobre a opressão, suas filhas são tiradas dela, é internada e escolhe explorar seu fascínio pela morte.

Etty Hillesum, judia assediada pela Gestapo, escreve que não é uma santa.

Duras narra seu alcoolismo e sua decadência.

Descrever a natureza é estúpido. Aqui a grama cresce. Aqui há uma pequena árvore de laranjas. Primeiro são verdes, depois amadurecem. Para escrever é preciso deixar um espaço em branco. O processo interior é a única coisa interessante. O que ninguém vê é a essência da escrita. A árvore de Picasso segue a linha de Thomas Bernhard. Picasso dizia: "O que me importa pintar a árvore denotada? A única coisa que importa é pintar a árvore conotada. Não a árvore que existe, mas a árvore que eu vejo".

No século XXI, foi reaberto um debate, o qual parecia ter sido resolvido, em favor da separação do autor de sua obra. O revisionismo começou nos Estados Unidos e foi se replicando, de maneira acrítica, submissa e colonizada, na América Latina e na Europa. Não separar a vida do autor de sua obra é uma catástrofe para qualquer criador. Examina-se sua vida conjugal, seu currículo, seu histórico criminal, sua casa, se foi infiel, se paga os impostos, como se tudo isso fizesse parte do texto ficcional. Nesse contexto, eu anunciaria o fim da arte. Se Deus morreu, a arte também pode morrer tranquilamente.

AK-AH
(MAIO DE 2021 – JUNHO DE 2023)

Querida Ariana,

Obrigado pelo e-mail! Sim, a relação de Imre Kertész com a música é importantíssima e foi um tema central de nossas conversas sobre Ligeti (com quem ele manteve uma amizade importante e complicada), sobre Bartók, sobre Wagner (ele gostava muito de suas óperas, conhecia-as muito bem e o emocionavam; enquanto eu, por outro lado, nunca pude com elas, apesar de ter tentado bastante quando morava em Viena: ia à ópera para assisti-las, mas acabava saindo depois de um ato), sobre Mahler, é claro, cuja obra nós dois amávamos muito, e também sobre intérpretes: Barenboim (admirava sua vitalidade), András Schiff. Conhecer essa relação dele com a música também foi muito importante, em todos os sentidos, na hora de traduzi-lo: a composição, o fraseado etc.

Sim, estamos em tempos de negacionismo e também de imposições ideológicas que cegam e promovem toda sorte de negações...

Um abraço, adan[1]

---

[1] Adan Kovacsics (Santiago do Chile, 1953) é escritor e tradutor do alemão e do húngaro. Traduziu para o espanhol autores como Franz Kafka, Karl Kraus, Arthur Schnitzler, Stefan Zweig, Elias Canetti, Ingeborg Bachmann, Imre Kertész e László Krasznahorkai. É autor dos livros *Guerra y lenguaje* [Guerra e linguagem] (2007) e *Las leyes de la extranjería* [As leis relativas a estrangeiros] (2019). Em 2021, foi eleito membro da Academia Alemã de Língua e Literatura.

Querido Adan,

Fiquei pensando por que você, diferentemente de Imre, nunca "pôde" com a ópera? E, para satisfazer um sonho pessoal, você conhece Daniel Barenboim?

Em um texto dos tradutores franceses de K, diz-se que Imre lhes escreveu uma carta quando estavam traduzindo *Sem destino* em que pedia: *"Ne l'embellissez pas"* [Não o embeleze]. Em outro texto, escrevem que os judeus sobreviventes são uma espécie de *"miraculés"* que devem sua vida a "uma avaria da máquina da morte". Há algo desse "milagre" de que o escritor esteja vivo, sem destino, algo dessa radicalidade em sua própria ontologia que modifica a tarefa de reescrevê-lo em espanhol?

Ariana Sáenz Espinoza me pede para perguntar a você sobre a diferença entre memória voluntária (ética) e memória involuntária (estética) para Imre. Se a alegria, o vitalismo de Kertész se encontram na estética. Vitalismo, alegria, intensidade do vivido, música...

Muitas perguntas, desculpe.

Que bênção esse diálogo fora de hora.

Fui a Berlim para ver Barenboim interpretar Schubert em sua sala Pierre Boulez. Sempre achei que um pianista é igual a um tradutor.

Um grande abraço,
A

Querida Ariana,

Gostei que os tradutores franceses tenham lembrado a indicação de Imre: *"Ne l'embellissez pas"*. É como aquelas indicações de Mahler em suas partituras, na "Finale" da "Sexta", por exemplo: "Não se apressar! Não arrastar! Observação para o maestro: passar pouco a pouco para 2/2" etc. etc. Suas partituras estão cheias dessas indicações!

Quanto à pergunta sobre os judeus sobreviventes, esses *"miraculés"*, o fato de traduzir a singularidade de dever a vida a "uma avaria da máquina da morte" requer uma atenção especial, uma precisão especial, em minha opinião. Há algo nesses textos que vai além da literatura.

E, no que diz respeito a essas duas memórias, essenciais para mim, que são as fontes que nutrem a obra de Imre, pode ser que a memória involuntária tenha a ver com isso que você chama da vitalidade dele, mas esta vem sobretudo da opção pela literatura, pela criatividade, pela arte, pela ficção. Por meio dela, também se adentra no mais obscuro. Será que a vitalidade, a alegria, vem do mais obscuro?

Eu não pude com as óperas de Wagner, não gosto de Wagner; Imre e eu conversamos muito sobre isso, para ele Wagner foi uma figura central em sua evolução como escritor. Para mim, por outro lado, não há em Wagner os elementos que sempre procuro na música, a ligação com a dança, com a música e com o canto dos pássaros, isso tudo encontro em Bach, Mozart, Schubert, Mahler, Bartók, também em Beethoven, Debussy ou Messiaen. Wagner, para mim, é se afastar de tudo isso. Até mesmo seu conceito de *leitmotiv* me parece pouco musical, além disso é totalmente burguês; bem, eis o motivo de Siegfried, ele pensa o burguês no camarote; recém-chegado da Bolsa de Valores, com a cabeça repleta de números e negócios, o qual de repente acorda ao ouvir algumas notas.

Um abraço muito forte,

adan

Querido Adan,

Li sua mensagem no trem de volta de Aix-en-Provence, onde havíamos conversado com os tradutores franceses de Imre. Na ida, estive em *L'ultime auberge*. No trem de volta, habitei *La última posada*.* Duas antessalas distintas soando em espanhol e francês, mas ambas com gosto de morte, de fim, de claro-escuro. Agora estou escrevendo esta mensagem num trem para Orléans, saindo da Gare d'Austerlitz, mas o corretor do celular diz: Gare d'Auschwitz.

São dias de angústia permanente, estou lendo, mas não escrevendo, talvez seja daí que venha a falta de compensação, é muito simples às vezes, escrever é mirar, descarregar, atirar. E não consigo escapar do esquema neurótico, a cantilena dos escritores, muito kafkiana, aliás, ai, não posso escrever! Não consigo escrever!

Liquidação, *O fiasco*, *Sem destino* voltam para mim como realidades contemporâneas. Nada do que foi escrito por K e do seu *Guerra y lenguaje*, livro que comecei com grande prazer, caducou; pelo contrário, caminho por Paris e vejo a Budapeste totalitária, entendo a solidão de Kertész. Faço anotações sobre o fracasso dos intelectuais hoje, do que vejo ao meu redor, quando participo de encontros literários.

---

* A autora se refere à mesma obra de Imre Kertész traduzida para o francês com o título de *L'ultime auberge* [O último albergue] e para o espanhol como *La última posada* [A última pousada]. [N.T.]

Queria escrever sobre como os intelectuais de hoje parecem oferecer a cabeça para serem gentilmente decapitados e conhecer sua visão sobre esse assunto. Mas, em meio a tudo isso, sua mensagem me encheu de vitalidade, acredito que este raciocínio, de que não devemos morrer porque ainda restam livros para escrever, é inevitável. A escrita é a armadilha permanente, escrever para não ceder à doença, escrever para não se atirar pela janela (a morfina é mais cara, disse K, não?).

Nestes últimos dias, estive sempre com aquele que eu gostaria que fosse meu segundo pai, Vladimir Horowitz, sonho muitas vezes que somos uma família. Suas mazurcas chopinianas me acompanham, *Mazurca, Op. 17 nº 4 em lá menor*.

Me consola o que diziam Joseph Roth e Stefan Zweig, que é uma feliz maldição para um escritor viver numa "época interessante". E cá estamos, né?

Um grande abraço, querido Adan,

Ariana

Querida Ariana,

Outra vez, obrigado por sua mensagem! Faz bem em mencionar Kafka, porque você também, ao que parece, "consiste em literatura", e isso não tem retorno, é o caminho que você escolheu. E o não escrever pertence à literatura. Faz parte de sua gestação. Depois, às vezes, sentimos falta daquelas temporadas de gestação tácita de algo que ainda não existe, mas que aos poucos vai tomando forma.

Quanto ao totalitarismo, estou convencido de que ele se aninha em nossas democracias, que seu germe está aqui, está no *demos* e no *kratos*, em seus movimentos, em suas correntes, que são devastadoras, em seus coros, que são terríveis, em seus símbolos. Lembre-se de que os totalitarismos sempre remetem ao povo, ao *Volk* em um caso, às classes populares em outro. Por outro lado, porém, é preciso ter cuidado, não confundir. Embora vejamos em nossos regimes ocidentais sintomas totalitários, pois existem, e muitos, isso não significa que os regimes sejam assim em sua totalidade. Em outras palavras, no plano linguístico: "Fulano é como um fascista" não é o mesmo que "Fulano é um fascista". Em todo caso, a evolução dos últimos tempos é extremamente inquietante, em todos os lugares. Se você olhar friamente, é para começar a tremer. E os intelectuais se juntam às cegas, vão se juntar cada vez mais.

Tudo isso também tem sua vertente estética. De um lado, há a submissão da criação artística, literária etc., à práxis, à utilidade, à acomodação ideológica ao movimento, à corrente, ao coro. IK fala muitas vezes do "movimento", do qual é preciso escapar. Por outro, há a conversão da criação artística, literária etc., em mero entretenimento, em mera questão de prazer ou de identificação narcísica, com o objetivo de curto-circuitar a conversa permanente da arte, da literatura com a realidade. Kertész também sabia disso quando, pouco depois de 1956, começou a escrever textos de comédias musicais para ganhar dinheiro. Ao mesmo tempo, ia pouco a pouco gestando *Sem destino*, de maneira paralela e clandestina, por assim dizer.

    Fico feliz que Chopin e Horowitz acompanhem você, os dedos de Horowitz são a continuação dos de Chopin. Sua interpretação de *Barcarolle*, por exemplo, é grandiosa. Uma das coisas que lamento tanto, tanto, é nunca tê-lo escutado ao vivo. Como também nunca vi Richter. Mesmo que já tenha presenciado apresentações de grandes nomes: Arrau, Gulda, Pollini, Benedetti Michelangeli! Há tanto sobre o que falar...

Um abraço muito forte, adan

Querida Ariana,

Como estão as coisas? Como foram suas semanas em Buenos Aires e Bogotá? E sua volta para Paris? Conte-me um pouco. Eu estou bem, apesar de não ter saído da Espanha por várias razões.

    Tenho notado em suas últimas mensagens que você está preocupada com o fato de não estar escrevendo. Mas não escrever é parte essencial da literatura. É por isso que ela se distingue do jornalismo. Assim como na Antiguidade a filosofia se constituía em oposição à opinião, no século XX a literatura se constitui necessariamente em oposição ao jornalismo. O jornalismo não para de escrever. Por outro lado, quantas palavras não escritas existem na obra de um grande escritor! Pense na frase de Oscar Wilde: "Passei o dia escrevendo. De manhã, incluí uma palavra e à tarde a retirei". Por essas dúvidas, por esse escrúpulo, a verdadeira escrita implica uma moral que o jornalismo não tem. Foi o que Karl Kraus quis dizer num pequeno texto que escreveu no fim de sua trajetória e o qual intitulou *Die Sprache*, A língua. E o mesmo também diz, de outra forma, Agamben. É preciso pensar que para cada palavra escrita há tantas, tantas não escritas. Contudo, não posso deixar de imaginar a possibilidade de você estar escrevendo com um frenesi vertiginoso...

Um abraço muito forte, adan

Querido Adan,

Estou agora numa estação em Paris com meu filho esperando o trem chegar; ganhei e perdi também (um tribunal me declarou adúltera) uma luta de anos para poder levá-lo a uma escola bilíngue. Continuo escrevendo para você, já de madrugada. Hoje voltei a Kertész. Depois de um longo tempo sem ele, é um alívio reencontrá-lo.

Sim, é verdade, escrever consiste também em não escrever, na não palavra, na contraescrita. No sacrifício de não escrever. No silêncio. Ninguém pergunta sobre isso quando um romance é publicado, mas é quase o essencial.

Agora moro em Paris, perdi meu espaço de escrita, estou procurando um lugar onde possa escrever o romance desse julgamento. *Coworking*, castelos, residências, bares, tugúrios, cabarés em Pigalle, casas abandonadas, *hôtels*, trens, bibliotecas municipais, bibliotecas antigas, não sei para onde ir. O cenário mental eu já tenho. Não estou aqui, não estou aqui onde estou, estou sempre lá onde a escrita acontecerá.

Obrigada por suas palavras.

Um grande abraço,

Ariana

Querida Ariana,

Obrigado por sua mensagem, que como sempre me alegrou muitíssimo, embora, claro, também me tenha preocupado... Confio sinceramente que suas coisas serão resolvidas, que você vai encontrar seu lugar. Como se chama seu filho e quantos anos ele tem? A literatura está repleta de obras que tratam de julgamentos, os tribunais são um de seus cenários favoritos; os julgamentos, uma das cenas centrais do homem. Mas agora, na crua realidade, o que é isso de "adúltera"? Em que século você está, querida Ariana, em que continente? Demorei a responder porque estava ocupado com as últimas páginas de uma tradução na qual trabalhei por mais de um ano, um romance de um autor húngaro, Krasznahorkai. Quinhentas páginas, com frases de quatro, cinco, seis páginas cada uma. Finalmente a terminei, é uma obra de enorme virtuosismo. A verdade é que agora sinto um grande alívio... Fico feliz por você ter voltado para Kertész, ele sempre me acompanha.

Um abraço muito forte, adan

Querido Adan,

Neste momento não reconheço minha própria vida, nunca antes tinha acontecido isso comigo, uma espécie de despersonalização ou de distanciamento radical. Não me sinto eu, eu. Não me vejo. Há muito *brouillard*. Não vejo minha biografia nesta vida que levo. Vida e biografia. Viver para a biografia ou viver para a vida.

    Estou num desses bares com decoração de montanha, paredes de madeira escura, raposas empalhadas. Nunca escrevi em Paris. Não gosto de escrever na cidade. Vejo uma ponte, a areia, o rio, as casas demolidas, o cheiro de granja, os gritos de animais, o ar grande e frio do entardecer nos vinhedos. As cidades me parecem mortas para a literatura. A beleza, a feiura, tudo morto.

    Neste café Le Chalet, no bairro aristocrático da Torre Eiffel, escreveram Proust, Balzac, morreram tantos residentes e patriotas. Mas não vejo nada. Me imagino escrevendo numa casinha afastada, entre caminhos de milho, com lagoas e casas de pedra. Às vezes sinto que escrevo de algum vilarejo do Leste Europeu, onde Imre ou Agota Kristof poderiam escrever.

    Nos veremos em Barcelona..., que felicidade!

Um abraço,

Ariana

Querido Adan,

Como vai? Só queria lhe dizer que nestes dias estive transcrevendo nossa conversa daquela tarde em Vilanova.

Passo meus dias com Améry, embora também esteja lendo o diário de Sándor Márai (outro que se suicidou, só leio suicidas!). A lucidez de Améry alivia, lucidez de não ceder nada, de não ceder nem àquele minuto de embriaguez com a sêmola açucarada em Auschwitz, mas há redenção nessa radicalidade, como dizia a outra Ariana. Também estou lendo Thomas Mann, o único ou o que melhor pôde suportar e sobreviver à guerra, não é? Ele não sucumbiu como outros exilados, Zweig etc.

Há algo muito interessante que une Améry, em sua análise dos intelectuais de Auschwitz, e Klemperer e seu *LTI*. A linguagem é tudo. Quando Améry conta que os intelectuais foram os que tiveram mais dificuldade em se adaptar à gíria dos campos e encontrar o tom certo para falar com um Kapo ou um SS. Submissão, mas a submissão adequada. Ou quando tinham de evitar que se notasse que eram germanistas, porque Nietzsche, Hölderlin, Goethe, Beethoven são do inimigo. Como Klemperer, ele enfia a faca, o bisturi, no coração de tudo, a língua.

Em breve darei uma palestra na Universidade de Budapeste com Dóra Bakucz, professora titular de Literatura Hispânica da Universidade Católica Pázmány Péter, com o apoio também da Embaixada da Argentina. Eu me perguntava se algum dia, talvez, pudéssemos caminhar juntos, nós três, em Budapeste, percorrer o bairro de Imre, ou as suas livrarias, as suas ruas, a universidade, a ópera, seria um sonho.

Hoje te enviarei a transcrição de nossa conversa. O efeito da linguagem é muito engraçado quando se fala dos campos, da escolha pela arte em Imre, o garçom interrompe repetidas vezes para sanduíches e cafés, aquela dupla face das palavras, aquele contraste entre o que foi desmontado para sempre e o que perdura. No entanto, tudo é linguagem, todas são palavras.

Pensar que nossa tarde em Vilanova é anterior à Ucrânia.

Um grande abraço, minha gratidão é eterna.

Ariana

Querida Ariana, obrigado por sua mensagem! Fico muito feliz com suas notícias, é extraordinário que esteja imersa no cenário da escrita! E que tudo corra muito bem em Pécs! Sim, Cristina e eu estivemos lá há alguns anos e ficamos bem felizes, visitamos o Zsolnay Cultural Quarter, que é muito bonito, uma antiga e famosa fábrica de porcelanas e cerâmicas, o que se vê são as sombras de uma época de esplendor, mas isto é bom, aferrar-se às sombras. E lembre-se de que em Pécs há um museu dedicado a um pintor fantástico, muito excêntrico, Csontváry, vale muito a pena vê-lo. Quando ele morreu, os parentes não sabiam o que fazer com suas obras e tentaram vendê-las como simples telas. Felizmente, alguém impediu isso... Beijos, adan

Olá, querido amigo Adan,

Obrigada por sua última mensagem, que sempre recebo com tanta alegria, como se estivesse descobrindo uma nova sonata recém-saída da cabeça do compositor, e então leio e releio suas mensagens, converso com você, com suas traduções, e seus livros, é uma grande festa. E que felicidade por seu neto, que beleza lhe mostrar o mar.

    Hoje é um dia importante para mim, pois começa a jornada campestre, quero ser otimista, pensar que aqui vou encontrar como submergir, como "não escrever escrevendo", como seguir a via da música, sempre tenho essa imagem do flautista de Hamelin, aquele desconhecido que os libertou da praga dos ratos, aquele desconhecido ao qual devemos seguir para escrever. Embora ele seja menos conhecido do grande público por sua vingança, as crianças desaparecidas naquela caverna, isso, especialmente essa parte, é a imagem da escrita para mim.

    Agora olho para a paisagem, uma paisagem amarela, dois bosques frente a frente e um grande campo no centro, e ainda que tudo esteja coberto pelo sol e pelo silêncio, vejo os pássaros acima da minha cabeça, a escuridão, o movimento do céu antes do anoitecer. Lembro-me sempre daquela frase de Balzac, algo como quem escreve usa um casaco de pele, se quiser que faça frio, mesmo que seja primavera lá fora.

    Nunca consegui escrever nada fora do campo e, até mesmo, deste campo, em que morei ao lado de uma floresta, numa colina medieval, Sancerre, em frente a uma igreja e numa pequena rua com vista para o Loire chamada Claude Rameau, um pintor francês nascido em 1876 e esquecido pelo grande público, mas, quando olho seus quadros, vejo exatamente a paisagem onde vivi, ao lado da ponte romana, só que em 1800.

Na próxima quarta-feira irei a Budapeste, vou dormir uma noite na casa da mulher do diretor do Festival e na manhã seguinte me levarão a Pécs. Ao me ouvir contando isso, e talvez seja pelos detalhes, sinto que é como reler os escritores que contaram seus detalhes cotidianos em seus diários ou correspondências. Mas irei a Pécs e ficarei três dias na Guesthouse of Zsolnay Cultural Quarter. Você a conhece? Me disseram que serei recebida pelo prefeito de Pécs, Mr. Cura, ah, a cultura oficial, já estou ouvindo Kertész praguejar.

Sobre o final de *El espectador*, parece que não há reconciliação possível entre Imre e a Hungria, como não houve com Márai, quando diz: "Neste país de opereta, em meio à pseudocoroa, ao pseudocristianismo, à falaciosa glória nacional, nada é real, exceto a pobreza e o ódio, e nada é verdade, exceto a mentira". Mas, como em *Sem destino*, termina assim: "Somente a alegria é digna de ser".

Você me acompanhará em Pécs, Márai falava muito de Pécs nos últimos diários, acho que ele ia ao médico lá.

Um abraço grande, Ariana

Querida Ariana,

Obrigado por sua mensagem, que me deixou muito, muito feliz. Confesso que fiquei preocupado por não receber notícias suas, mas também esperançoso, pois imaginei que você estivesse imersa em seu *Perder el juicio*.[*] Adoro pensar que está escrevendo nesse ambiente campestre, todo verdadeiro escritor escreve a partir da selva ou do deserto, decanta a palavra ali, sempre começa do zero, naquele ponto em que cada palavra é como a primeira da criação. Assim, escapa-se da repugnante domesticação da linguagem que vivemos hoje. Na verdade, não se trata de fugir, mas de permanecer no lugar, na selva/deserto. A grande tarefa de hoje é apreender os fios da palavra autêntica em meio à avalanche de linguagens jornalísticas e administrativas, todas coercitivas, todas terrivelmente limitadoras, todas inimigas da poesia, da profecia.

    Não me surpreende o que escreve sobre Pécs, a decepção. As cidades europeias são carcaças, o espírito que as habitava foi embora, foi obrigado a ir, é uma das consequências da Segunda Guerra Mundial. As guerras afugentam os espíritos. Ainda restam alguns, mas eles também partirão.

---

[*] Literalmente, *Perder o juízo*. Vale mencionar que no idioma original há um duplo sentido na palavra *juicio*: pode significar tanto juízo quanto julgamento (em tribunal). [N.T.]

Com todos os meus desejos de que você siga avançando em seu livro.

Um abraço muito forte, adan

O ESCRITOR APARENTA SER UM MORIBUNDO

O ANTIDECÁLOGO LITERÁRIO. Borges disse certa vez que a atitude mais nociva que um jovem escritor pode impor a si mesmo é o desejo de ser moderno. Nietzsche disse: "Há poetas que agitam as águas para que pareçam profundas". Na interseção entre essas duas citações estão encerrados os grandes perigos da arte, unidos pela impostura. Aqui estão alguns.

A CRUELDADE. Numa aula, lê-se *A condessa sangrenta*, de Pizarnik. O lirismo do texto é abismal. A personagem, baseada numa mulher real, a condessa Báthory, torturou e assassinou seiscentas e cinquenta jovens. Uma forma de tortura envolvia prender as meninas em gaiolas e submetê-las aos abraços de uma boneca sinistra coberta por facas. A criada da condessa assustava a jovem prisioneira para que recuasse, de maneira que ela mesma terminasse encontrando o abraço mortal. As mutilações anteriores à morte eram aleatórias. Todos nós ficamos hipnotizados pelo horror mudo. Alguém defende seriamente que os rasgos no corpo das jovens são artísticos porque nele escrevem traços aleatórios, como uma forma de arte. Pizarnik, ao nos contar o horror absoluto, não perdeu a piedade humana. E é Pizarnik. Dizemos, aos que defenderam a entidade artística da mutilação aleatória, que com esse critério as cinzas espalhadas dos fornos de Auschwitz também são arte.

A REPRESENTAÇÃO DO AMOR. O amor é uma questão de estética: esclarecimento desnecessário, não estamos falando de estética no sentido vulgar do termo, mas de estética como uma forma de pudor da linguagem, uma forma que estabelece o que se diz e o que não se diz. Também nos apaixonamos pela maneira como o amor é declarado. Se isso é verdade na vida, como não esperá-lo da arte, o dispositivo semântico por excelência? Como conseguir então, no cinema, que um casal se apaixone no convés de um navio sem lirismo? Parece impossível, mas o cinema contemporâneo consegue fazer isso por meio de muito costumbrismo. Buenos Aires-Colônia, um mate e Flaubert observando de longe. É propositalmente uma luta com o arquétipo do *coup de foudre* num navio, uma nova construção teórica, uma ressemantização? Não, de maneira alguma.

O GRITO DE ESTRANHAMENTO. O que está sendo enunciado ou eludido pelo mecanismo de estranhamento? Usá-lo é legítimo, mas ter consciência de que existem figurinos estranhos não nos dá o direito de abusar deles. Chega de personagens vestidos de empanadas. Sabemos que há pessoas que ganham a vida promovendo restaurantes e fazem isso vestidas de maneira excêntrica. Sabemos que uma cena com uma pessoa vestida de galinha é estranha, mas o figurino em si não confere nada à qualidade artística.

ODE À RELATIVIDADE. Está certo que "o conceito de texto definitivo corresponde à religião ou ao cansaço". Concordamos que a definição de arte é "aberta, subjetiva, discutível", a "anarquia do gosto", tudo isso. Para os gregos, a arte era *téchne*. Até o Renascimento, a arte correspondia às artes liberais; e o maneirismo nos diz que a arte é o que o artista vê e, assim, oferece rédeas soltas ao relativismo. Todas as noções convivem em tensão dialética, arte pura, arte comprometida, arte desinteressada, arte desumanizada, antiarte, anti anti anti etc. Mas digamos algumas obviedades: uma qualidade intrínseca da arte é operar com símbolos. A arte requer um processo teórico para ser decifrada. A arte é uma construção conceitual, a literalidade é sua inimiga. Dizemos isso e já se escuta alguém dizendo baixinho: "Cara, mas isso é relativo".

APOLOGIA DA HERMENÊUTICA. De um grupo de atores dispostos em duas fileiras infere-se a reinterpretação icônica da retórica antissemita. A foto de uma modelo numa urna transparente alude aos fenômenos das estereotipias como indicadores da trivialidade do gênero feminino no século XXI. Um homem em silêncio sentado numa cadeira diante do público incita à reflexão aguda sobre o desgaste da expressão verbal, a crise da linguagem nas sociedades de consumo e o mutismo radical e filosófico de Wittgenstein.

A POSIÇÃO FÍSICA DO PÚBLICO NOS TEATROS. Fomos convidados a deitar, a assistir à peça na ponta dos pés porque colocaram uma parede literal entre o público e a cena, a nos agachar. Ultimamente, temos estado desconfortáveis nos teatros. No entanto, como um público ávido, juramos que, se houvesse uma relação semântica entre a posição de nosso corpo como espectadores e a percepção daquela cena apresentada, teríamos prazer em nos ajoelhar.

A DEVOÇÃO À PALAVRA. Muitas obras contemporâneas se deleitam com esse tipo de diálogo:
— E aí?
— Beleza.
— Tranquilo?
— Tudo ok, e você?
— Suave.
Não se trata de uma poetização ou de uma crítica do registro oral da época, mas de um compêndio de palavras idiotas.

POESIA. As mesmas pessoas fotocopiam entusiasticamente um livro de poesia, o acaso intervém mais uma vez, as páginas não numeradas caem, e não há como reordenar o livro; a coesão e a coerência são deixadas de lado.

CORREDOR. Estas são as observações agora ouvidas de certos círculos "modernos": "Amei sua obra. No começo porque eu não entendia nada, depois comecei a entender, a seguir o fio, e já não gostei tanto". É o caso de um dramaturgo que atua como jurado em concursos e não entende o material que recebe. É estranho, porque ele entende mais ou menos Proust e Kafka, mas, para dar uma chance ao texto obscuro, ele convoca o autor. Quem senão ele para propiciar uma exegese que faça justiça à metáfora escondida na prosa críptica? Ele fica na vontade.

DOUTRINAR, EDUCAR, IDEOLOGIZAR. Hoje, as obras abrem o guarda-chuva e esclarecem que são inclusivas, que são pró-diversidade sexual, identitária, étnica etc. O que era perturbador na arte nas décadas anteriores é que não se sabia que estava lendo um antimoralista, um libertário, um anarquista, um revolucionário, uma bissexual ou um antissistema até o ler.[2]

---
[2] Em colaboração com Sol Pérez.

Com certa saudade dos manifestos, podemos dizer:

O estupro e o incesto não dão profundidade dramática por si sós.

Declarar a um jornal: "Somos uma geração de perdedores que tomamos no cu" não faz de você Bukowski.

O deus Apsu criou a si mesmo mediante a masturbação. O filósofo Diógenes levantava a toga e se masturbava diante do público na ágora. Os dramaturgos da época mencionavam dildos em suas comédias, enquanto os artesãos os representavam em jarros e tigelas. Tudo isso na Grécia clássica. Ou seja, não são modernos só porque encharcaram de esperma os assentos da Sala Lugones.

"Sou um peixe de orelhas vermelhas que olha para o rio e chora tanta morte" não é alta poesia.

O respeito não deve paralisar, mas é preciso ter rigor ao lidar com um clássico. Recomenda-se não adaptar um Sófocles, meio Tchékhov, dois Dostoiévski, três Shakespeare etc., em dois meses, por mais tentador que seja ver nosso nome abaixo de *Édipo Rei*.

Dizer que tudo é relativo e nunca ser capaz de expressar uma ideia de maneira decisiva nem sempre é sinal de lucidez.

Contar uma história nem sempre é produto de um comando desagradável do passado.[3]

---
[3] Escrito por Sol Pérez.

Tirar os artigos dos títulos não torna as obras mais profundas. "Senhor oferece maçã a menino" não é necessariamente um título melhor do que: "O senhor oferece uma maçã ao menino".

Se a paixão pela escrita for fanatismo, melhor ainda. É aberrante que a paixão não esteja na moda.

Prefiro "A religião é o ópio do povo" a "Poderíamos levar em conta que, analisado de certa maneira, em algum momento a religião poderia ser considerada o ópio do povo".

Não ter formação acadêmica em escrita não é uma conquista em si mesma.

Mover a grade de luzes não é fazer metateatro, é pôr em risco a vida de um ator.

Perder o respeito por tudo em prol da criação é delicioso, mas eliminar da arte o terreno do sagrado: isso é terrível.[4]

---

[4] Em colaboração com Sol Pérez.

August Strindberg dizia que Claude Monet devia estar muito louco; Henry James, que não o entendia. Baudelaire, que Monet tentava pintar a modernidade. A verdade é que, enquanto outros pintores de sua época coloriam durante algumas horas e depois "viviam", bebiam e só voltavam a pintar no dia seguinte, Monet não conseguia dormir porque as cores o perseguiam em sonhos. "É um grande sofrimento; mas o que eu quero? Quero o impossível. Outros pintam uma casa, uma ponte, um barco. Eu quero pintar o ar onde estão a casa, a ponte, o barco. Quero pintar a beleza do ar onde eles estão." A luz que ele buscava para captar o ar, passageiro, fugaz e contingente, durava apenas sete minutos. Todos os dias, Monet tinha aqueles sete minutos para encontrar o que Armando Discépolo, em sua peça teatral *Stefano*, chamava de "perseguir a borboleta", "capturar a borboleta", mesmo que a escrita nunca se materializasse, mesmo que fosse um ideal. Sete minutos que ele passava em transe em seu pequeno ateliê, lotado até o teto de telas inacabadas.[5]

---

5 Em colaboração com Ariana Sáenz Espinoza.

Segundo o poeta russo Yevgeny Yevtushenko: "Temos nossa própria Chechênia doméstica e um Iraque privado". E a verdade dura três minutos: três minutos de verdade é o que está ao nosso alcance. Depois desses três minutos, começamos a mentir. Três, sete ou vinte minutos: unidades abstratas, fugidias e fugazes. Nossos celulares e nossas redes, espiões e arquivistas, se encarregam de diluí-las ainda mais. A literatura é o último espaço não dissolvente. Escritores como Ponthus, e especialmente Kertész, cristalizam em sua escrita todo o horror, mas também toda a beleza que um minuto de verdade contém. O restante é pura lógica.

Joseph Ponthus, escritor francês, escreveu apenas um romance antes de morrer. Ou morreu depois de ter escrito apenas um romance: *À la ligne* [A partir da linha], 2019. Originalmente educador e literato, Joseph Ponthus mudou-se para a Bretanha seguindo sua amada esposa, por quem expressava devoção, uma declaração de amor em descompasso com a época: costumava dizer que, ao se casar com ela, se casou com sua verdade. Na Bretanha, não conseguiu encontrar nada além de empregos temporários em matadouros ou fábricas de processamento de frutos do mar e peixe. Joseph — e seu personagem — levantava-se todos os dias de madrugada para encontrar um colega que o levasse à fábrica nos arredores. Em seu livro, um longo poema sem pontuação ou com a pontuação da ausência, Ponthus escreveu o diário de um operário a partir da linha de produção. "Descobri a fábrica quando tinha quarenta anos. Foi um verdadeiro choque, porque em alguns lugares ainda se mantêm 'os tempos modernos' de Chaplin", disse ele. Ponthus escrevia em sua mente durante as horas de trabalho e, quando voltava, abatido, anotava a onipresença do sangue e de vários fluxos orgânicos, desconhecidos, o ritmo cardíaco de matar e o pulso dos minutos.

 O "intelectual", o "licenciado em Letras Clássicas", se salvava pelos poemas que sabia de cor, escrevendo "para se afastar da máquina", para se afastar do "homem funcional" fundido em sua máquina ou em um número. No longo poema, ele narra os úberes das vacas a seus pés, os cascos dos bezerros, os excrementos de animais que sabem que vão morrer, os órgãos recém-cortados, as marcas na parede pela corrida dos bovinos e o cheiro de seu pavor. *À la ligne* saiu do alcance da operação política habitual, ganhou mais de dez prêmios na França, continua vendendo milhares de cópias e é traduzido para várias línguas.

Joseph percorria as livrarias francesas contando aos leitores, mas também à elite, sobre as mãos ensanguentadas e os despojos de cadáveres do regime criminoso das fábricas e seu amor pelas canções de Charles Trenet — "sem as quais eu não teria suportado", diz ele —, sobre a literatura de Perec e o cachorro Pok Pok que sua amada esposa lhe deu. Seu deleite por um bom corte de carne também; a fábrica não o tornou vegano. Um ano depois do lançamento do livro, no final de 2020, o autor anunciou com sobriedade seu câncer, na cama de um hospital, enquanto continuava escrevendo seu diário com humor. "Que os tumores e as metástases estourem o mais rápido possível, e eu, muito mais tarde."

O que Ponthus descobriu é a fábrica como um ambiente duro e torturante, maquinal, opressivo, mas também, paradoxalmente, de grande beleza: a paradoxal beleza da fábrica. O que Ponthus descobriu fora do campo literário, fora da lógica do mercado literário, é que a ordem da fábrica é a ordem do mundo e que seu dever é escrever esse paradoxo. O gesto ponthusiano é o gesto do paradoxo nietzschiano.[6]

---

[6] Em colaboração com Ariana Sáenz Espinoza.

Um escritor é um moribundo. "Há gente muito célebre que nunca escreveu. Sartre, por exemplo, era um moralista preocupado com o contexto político, nunca enfrentou a escrita pura. Não é um juízo de valor. Há pessoas que acreditam que escrevem e há pessoas que escrevem", disse Marguerite Duras. A frase provocava uma separação entre escritores, como se devesse haver dois verbos: escrever e "escribar".

Jean Genet representa bem o escritor europeu com sua consciência afundada na cisura entre guerras, na trincheira ensanguentada entre massacres. Genet inverte tudo: o mal em bem. Desde o berço absorveu esse ódio irreversível contra as instituições, contra a própria França. Era irmão de Céline ao designar um inimigo em comum: a traição. Genet usa a língua desse referido inimigo, mas não por adesão ideológica ao nazismo, ao antissemitismo ou ao fascismo, mas sim como ética.

Assim, tudo o que a sociedade adora, ele odeia; tudo o que a civilização sacraliza, ele profana. Ele aspira a habitar o mundo, mas essa aspiração deve ser compensada com um discurso contrário: "Eu não pertenço a este mundo, sou o ladrão, sou o capanga". Genet trabalha com os dejetos. Com os restos. Mas os restos de quê?

Como Ponthus, ele escreve a fratura da cultura, essa tensão paradoxal. Quem fala sobre as fábricas no século XXI, sobre o técnico com sangue e merda até o pescoço? Ponthus passa à ação fora do lucrativo comércio da literatura contemporânea, como diria Kafka, "fora do mundo dos assassinos". Nesse sentido, uma obra que não fracassa, um texto que não fracassa, é aquele que acessa a poética do paradoxo e não (se) economiza o horror.

"Auschwitz não é um sonho", escreveu Léon Poliakov em 1964. Onze anos depois, publica-se o romance *Sem destino*, de Imre Kertész. Entre a descida do vagão, o momento da seleção na estação de trem e a chegada a Auschwitz-Birkenau, transcorrem vinte minutos, de acordo com os cálculos do narrador. O que são vinte minutos? Uma sequência lógica na implacável cadeia do tempo, passo a passo, minuto a minuto, a repetição de um ritual imutável no grande metabolismo da máquina. Com sua ironia tão característica, que não chega a ser sarcasmo e inclui até uma alegria desconcertante e despudorada, Kertész recorre ao paradoxo: "Queria viver um pouco mais naquele belo campo de concentração".

A beleza paradoxal do campo de extermínio ou do matadouro, sua revelação perturbadora, ocorre no espaço fictício da literatura, em sua gramática. Mas "a língua não é apenas gramática", escreve Adan Kovacsics, "e sim toda uma rede de sentidos e referências que provêm de fundos não linguísticos". Desses fundos não linguísticos — o ar onde estão a casa, a ponte, o barco — emerge também a escrita e daí, talvez, uma estranha felicidade. *Sem destino* termina assim: "[...] E no meu caminho, eu já sabia, a felicidade estaria me esperando, como uma armadilha inevitável. Mesmo ali, junto às chaminés, havia, nos intervalos da tortura, algo que se assemelhava à felicidade. [...] É claro que eu deveria falar sobre a felicidade dos campos de concentração da próxima vez. Se me perguntarem. E se eu ainda me lembrar".

Mesmo após sua consagração com o Nobel, depois de quarenta anos de relativa discrição, a felicidade da qual Kertész falava ainda suscitava incompreensão e agressividade — a ponto de ser acusado de antissemitismo. Sabe-se que Kertész era um grande leitor de Camus: "Para que tudo se consumasse, para que me sentisse menos só, faltava-me desejar que houvesse muitos espectadores no dia da minha execução e que me recebessem com gritos de ódio", diz Meursault.

Se em teoria o conceito de felicidade nietzschiana, que associa a alegria à capacidade de ver a existência em sua dimensão trágica, goza de certo prestígio, sua prática contemporânea, nos campos intelectual, político e literário, é vetada. Ninguém está disposto a renunciar ao idealismo, mesmo quando ele é tingido de negação, covardia ou traição (inércia). Sartre diz que levou vinte anos para se livrar do idealismo filosófico tradicional. No ensaio "Nas fronteiras do espírito", o austríaco Jean Améry responde que, no caso dos deportados, o processo levou muito menos tempo: "Algumas semanas no campo costumavam ser suficientes para operar essa desmistificação do inventário filosófico, um processo que outros espíritos, às vezes infinitamente mais dotados e sutis, levam toda uma vida para realizar".

Verdade dolorosa ou mentira piedosa. Kertész, em seu autointerrogatório, *Dossier K.*, responde: "A verdade não é mais universal. É um fato grave, mas devemos estar cientes disso. Responder sobre nós mesmos é o mais difícil, e sempre foi. É exatamente diante disso que o moralista foge". Em toda a sua obra, Kertész experimenta de maneira profunda a mentira do consolo, isto é, a mentira que significa escrever economizando o horror, a própria alienação, esquivando-se. Não há onde se esconder.

"Escrever é mostrar-se", diz o autor austríaco Reinhard Kaiser-Mühlecker. Por mais sufocante que seja, da própria ferida aparece, como uma miragem, "a borboleta".

"Haverá uma escrita do não escrito. Algum dia ela virá. Uma escrita breve, sem gramática, uma escrita feita apenas de palavras. Palavras sem gramática de apoio. Perdidas. Ali, escritas. E logo depois, abandonadas." Marguerite Duras escreveu *É tudo* no final de 1994, quando já pressentia seu fim; quem ouvia e transcrevia ao seu lado era Yann. Em meados da década de 1970, Yann Lemée era um jovem estudante de filosofia em Caen, havia fracassado em várias de suas tentativas acadêmicas, até que, lendo *Os pequenos cavalos de Tarquínia*, num *coup de foudre*, descobriu a obra de Marguerite Duras. A partir desse momento abandonou Kant, Hegel, Stendhal, Marcuse, deixou toda a literatura pela literatura. "Sou um leitor absoluto", disse. "Para mim, Duras se torna a própria escrita." Como os religiosos, como os místicos, uma só biblioteca, com um único e grande livro que abarcasse tudo. Nem Shakespeare, nem os gregos; nem a Bíblia, nem a Torá. Uma fascinação abismal. Aschenbach submetido a Tadzio.

Durante a exibição do filme *India Song*, em 1975, no cinema Lux, em Caen, com a sala lotada de admiradores, Yann estava sentado na primeira fila. Ele queria comprar um buquê de flores para Marguerite, mas não teve coragem. Levava *Destruir, diz ela*, de Duras, no bolso e pediu-lhe que fizesse uma dedicatória. Marguerite fez, Yann pronunciou: "Gostaria de lhe escrever". No dia seguinte, enviou-lhe a primeira carta e não parou mais. Escreveu para ela sem obter resposta por cinco anos. Duras lhe enviou suas novas publicações até o verão de 1980, quando pediu que fosse vê-la na vila marítima de Trouville. Ela tinha sessenta e seis anos, ele, vinte e oito. Naquela noite, ela lhe mostrou as luzes da cidade, a baía voltada para o Atlântico, as rochas negras. Estavam juntos naquele apartamento suspenso sobre o mar. Yann ouviu-a falar, ficou para dormir, e os dois não se separaram até a morte de M. D., dezesseis anos depois, em 1996.

Duras lhe deu o pseudônimo literário: Yann Andréa Steiner. Removeu o sobrenome do pai, manteve o nome de batismo e acrescentou o nome de sua mãe, Andréa. Duras lhe disse: "Com esse nome, pode ficar tranquilo, todo mundo vai se lembrar dele". Yann não conseguia tratá-la informalmente ou pronunciar seu nome. Disse que era porque ele tinha conhecido primeiro o nome escrito, aquele nome, e tal encantamento não poderia ser da ordem do dizível. Duras decidia o que ele comia; ele ficava lá, à espera da palavra. Yann às vezes saía para seduzir garçons de hotéis ou bares, para dormir com eles, mas sempre ia a algum lugar próximo, para que ela o encontrasse.

Yann foi seu serviçal, seu tradutor, seu enfermeiro, aquele que lhe oferecia as taças de vinho, aquele que se embriagava com ela. Era a época da atração fatal da esquerda burguesa pelos ditadores comunistas: Stálin, Lênin, Castro. Yann e Duras viviam no universo de Saint-Germain-des-Prés, bairro da pequena *intelligentsia* parisiense de esquerda, perto dos cafés da moda onde Beauvoir e Sartre escreviam, onde editores e críticos decidiam quais livros eram os escolhidos. No entanto, Yann e Duras estavam fora do radar da época. Viviam na fronteira entre o álcool e a morte.

"Viver com a morte à mão", dizia M. D.

Yann foi convidado por um popular programa de televisão francês para apresentar um livro publicado em 2001, *Cet amour-là* [Aquele amor]. Os convidados o julgaram, o discurso da mentalidade de outro tempo, o discurso que pregava que o amor deveria ser antitotalitário, igualitário e promover a felicidade. Yann negou todos esses parâmetros:

"Cooptação, dominação, vampirização". "Foram felizes?", perguntaram a ele. "Não, nós vivemos", respondeu. "Ela está morta, há idiotas que gostariam que eu 'chorasse' ou 'fizesse luto', como se fosse possível estar de luto por si mesmo, sem morrer. Sou gay, como dizem, e temos trinta e oito anos de diferença: quem pode entender o vínculo que nos une, esse amor? Carnal, espiritual e, sobretudo, na escrita. Não faço nada com meus dias, estou aqui, e ela dita para mim. Preciso estar atento, ela risca, desenha com lápis, tenta a escrita oral. No fim, ela relê, reescreve tudo na leitura, e o texto surge. *O amante*, com toda a modéstia, e depois *O amante da China do Norte*, e outras obras-primas não teriam sido escritas sem mim. Também estou lá para cuidar dela quando fica louca, bêbada ou doente. E até o fim, até a última hora."

Qual é o destino de um homem? E o de um escritor? Yann copista, intérprete, tradutor do estilo Duras, fantasma do irmão morto, um homem funcional à escrita de outro, obediente às regras da escrita durasiana, construiu o relato póstumo de sua biografia nessa ausência de um destino literário próprio. Ou nesse contrabando, nessa equação doentia do escritor que não escreve. Do escritor com biografia, mas sem obra. Do escritor com estilo emprestado. Yann, ator nos filmes de Duras, tinha tudo para ser um personagem insignificante à margem da câmera, contudo se tornou uma testemunha-chave do fim do século XX de uma França que não mais existe.

No dia em que Duras morreu, Yann disse: "Tenho vergonha de sobreviver a ela". Mas sobreviveu por dezoito anos. Pouco depois do funeral de M. D., Yann desceu os três andares do apartamento número 5 da rue Saint-Benoît, onde morava com ela, e caminhou alguns metros até o número 23 para se instalar num quartinho que ela lhe deixou em usufruto. Um quartinho de estudante, como voltar aos vinte e sete, à época em que lhe enviava cartas. Um claustro também. Apenas o essencial para sobreviver: uma cama, uma escrivaninha e uma máquina de escrever. Escrever o quê? Escrever para ela, escrever com ela, sobre ela, sempre.

Quem era Yann Andréa naquele momento? Em seu obituário, o escritor Philippe Lançon o descreveu como um fantasma sensível e delicado, um elegante samurai de Saint-Germain-des-Prés.

Por um tempo, Yann tornou-se um *habitué* do Café de Flore, do Select, do Dôme e do La Coupole de Montparnasse. Um escritor *habitué* do Select conta que Yann chegava à tarde, solene com seu caderno e sua caneta de *homme de lettres* do século XIX, e depois de algumas doses de uísque se punha "úmido". Úmida é a sensação que se tem ao ler seus últimos livros, sete no total depois da morte de Duras. Uma nostalgia difusa, esponjosa, que às vezes se torna cansativa. Será o estilo *pasticheur*, aquela pitada de *kitsch* à la Yann, *camp*, diria Sontag. Pois Yann, o imitador, tinha alguns gestos próprios. Seu porte de duque sem classe, encantador e decadente, fazia parte do folclore literário parisiense.

Apesar disso, a esfera intelectual o esnobava. Depois de ter sido durante anos, com Duras, aquele que não escreve, se tornou aos quarenta e quatro anos aquele que não escreveu. Aquele que fracassou com os livros *post-mortem*. Um escritor entregue ao fracasso com abnegação. A singular relação de Yann Andréa com as palavras remonta à adolescência. Seu grande amigo de juventude, Thierry Soulard, colega de classe e primeiro amor, escreveu um livro para desvendar o mistério Yann. Em seu relato, Soulard lembra o gosto precoce de Yann por certo refinamento da linguagem, o tom de um aristocrata excêntrico com o qual ele falava desde os dezesseis anos, como um jogo, uma piada requintada.

Sem dúvida, suas palavras devem ter tido certo encanto para que Duras o escolhesse como interlocutor privilegiado, como gêmeo. Sua capacidade de mimetismo é avassaladora, é quase uma arte em si, uma habilidade camaleônica, viver na nebulosa, na língua de Duras. Reconhece-se que é um caso único na história da literatura francesa, e, no entanto, sua escrita não alcança o status de verdadeira literatura. Os livros de Yann Andréa soam como um eco do além-túmulo.

Ele era o favorito, aquele que soube captar o significado da escrita para Duras. Mas esse título de favorito não seria perdoado pelo filho de Marguerite e Dionys Mascolo, Jean Mascolo. Em 1999, surgiu um conflito entre os dois que os levou ao tribunal, quando o filho tentou publicar *La Cuisine de Marguerite* [A cozinha de Marguerite], uma coleção de receitas culinárias de sua mãe. O livro foi proibido a pedido de Yann.

Anos depois, Jean Mascolo o acusou de ter falsificado o testamento de Duras. Yann não se deixou abalar nem por essas acusações, nem pelo desprezo manifestado pelo círculo intelectual. Sua ruptura com o mundo foi voluntária. Fechou a porta para aqueles que tentaram ajudá-lo, entendê-lo, para aqueles que o amaram. Mas Yann, o dominante dominado, tinha apenas um desejo, o de voltar para Duras. E conseguiu, no final de uma "clochardização" progressiva. Parou de tomar banho, de levar o lixo para fora, de sair. Comia delivery de comida chinesa e deixava os restos se acumularem em seu quartinho. De vez em quando, aparecia no Flore como um dândi espectral e pedia um Pimm's au champagne com uma rodela de pepino.

Em 10 de julho de 2014, foi encontrado morto em seu pequeno claustro durasiano. Agora sim está com ela, no próprio túmulo de Duras, no cemitério de Montparnasse, os dois nomes gravados na mesma lápide. O de Yann, curiosamente, está um pouco apagado.

Hannah Arendt conta, num ensaio sobre Walter Benjamin, que nada o atraía nos Estados Unidos. Costumava dizer que a única coisa que ali o esperava era ser arrastado de um lado para o outro, sendo exibido como o "último europeu". Benjamin se suicidou na pequena cidade de Portbou, na região de Alt Empordà, não muito longe de Vilanova i la Geltrú. Ir a Vilanova, uma cidade costeira de que nunca tínhamos ouvido falar, não era só ir conhecer o escritor e tradutor Adan Kovacsics, era ir ao encontro de Imre Kertész, de Kafka, de Klemperer, de Ingeborg Bachmann, só para citar alguns dos escritores que imaginávamos como fantasmas reunidos sob o sol e as palmeiras daquela pequena cidade. Era também convocar Kovacsics como testemunha e *passeur* do legado literário e filosófico de uma Europa em destruição.

O trem avançava de Barcelona a Vilanova enquanto especulávamos como seria a paisagem na qual se reescreve e se traduz o horror acumulado no século XX. Quando descemos, vimos um homem muito alto, de chapéu preto, um lenço amarrado no pescoço, e tivemos a impressão de ver o último europeu de pé naquela cidade balneária. Caminhamos juntos olhando edifícios para trabalhadores construídos há meio século, janelas fechadas, túneis. Aquele tranquilo balneário, com a brisa do mar e crianças brincando, era a paisagem escolhida para traduzir, para escrever sobre valas comuns, fornos crematórios, a desgraça das torturas nos escritórios da Gestapo e da Stasi. Aquela paisagem era onde a força da língua se produzia. "A linguagem é mais do que sangue", escreve Franz Rosenzweig, frase que Klemperer retoma na epígrafe de seu diário.

Paramos num hotel branco com pedras azul-celeste em estilo grego, onde deixamos malas com livros (os quartos de hotel são tentadores para o isolamento da escrita). Nós três nos sentamos, bem perto do mar, tomando café com leite rodeados de famílias. Havia algo de anacrônico na escolha de Adan Kovacsics, tradutor monumental e de uma discrição absoluta, artista afastado do centro, isolado na cidade menos esperada para traduzir as obras mais dilacerantes dos séculos XIX e XX. No caminho de volta, nós o imaginamos ouvindo os últimos movimentos de Beethoven enquanto lá fora ninguém, absolutamente ninguém, se lembrava da Hungria de 1942 ou dos suicídios com cianureto. Agora que os fantasmas da guerra voltaram, a presença de um único homem transformou Vilanova num oásis para nós duas.

Kertész disse: "O escritor hoje não alcança a linguagem, não encontra a formulação grandiosa das grandes coisas". Isso me interpela porque desperta a pergunta sobre as condições em que o escritor contemporâneo escreve. Kertész já percebia a decadência dos dias de hoje.

Como Adan nos contou durante o passeio, perto do mar: "É preciso ler mil vezes o final de *Sem destino* e *Kadish por uma criança não nascida*, é lá que reside a maior radicalidade, é lá que ele analisa, reflete e ajuda a pessoa que deseja ver a si mesma radicalmente, sem concessões. Acho que ele é um tipo de escritor que vê o final quando escreve: se há realmente composição, você sabe para onde está indo. Em *Kadish por uma criança não nascida*, todo o *in crescendo*, desde o NÃO, como o início da *Eroica* de Beethoven, NÃO, NÃO, tudo deve ser olhado do ponto de vista musical, e, depois os dois clímax, eu disse para minha mulher, disse para minha mulher: não, tudo isso é musical".

Não sei por que nunca aprendi a tocar piano. Para contornar a grande censura stalinista, os escritores cruzavam a fronteira com os manuscritos, aprendiam as obras de cor. Mas era diferente para os pianistas, que tinham de contornar a censura tocando. Havia também o terror quando tocavam, a mão suspensa sobre as notas, pouco antes de o concerto começar. Imagino, nas poltronas do fundo, os agentes secretos.

No mundo editorial, aproveitam-se as reedições (procurei no dicionário e encontrei: "pressão política") de clássicos, e mais ainda, de clássicos infantis, para corrigir tempos verbais, títulos, visões colonialistas. Os volumes de *Os Cinco*, de Enid Blyton, série de romances de aventura, foram "reescritos" para eliminar o passado simples e trazê-los para o tempo verbal presente, para trazê-los para o presente simples. A velha frase de Godard ("Um *travelling* é uma questão moral") tornou-se obsoleta pela publicação de reescritas e reedições, o trabalho sujo do editor. É como se um professor de piano ensinasse sonatas de Mozart suprimindo notas para facilitar o uso do instrumento, ou como se cabeças humanas fossem colocadas nas mulheres com cabeça de galinha de Chagall. O argumento foi que os modificaram para que "as crianças entendessem".

James Prichard, herdeiro de Agatha Christie, disse que, ao mudar o título *O caso dos dez negrinhos* para *E não sobrou nenhum*, e as palavras "negrinho" por "soldado", "não mexemos na obra, apenas a adaptamos à época".

A universidade sempre foi centro de tensões religiosas, revolucionárias, da luta entre antigos e novos regimes, entre marxistas e antimarxistas. Mas agora, no novo combate político para reformar os planos de estudo e adaptar os programas, houve várias petições na França para que os alunos possam sair das aulas e não tenham de ler algum programa que possa ofendê-los. Os professores que discordam da Nova

Ordem, que consiste em igualar a moral, a ideologia, a ciência e a reflexão intelectual, são ameaçados.

O problema do furor da desconstrução, em aliança com as universidades estadunidenses (desconstrução e submissão), é que está ligado ao financiamento. Ao entrar na lógica do *management*, a pressão ideológica é maior para obter o dinheiro. Tenho a impressão de viver em preto e branco, mais uma vez, ler e ensinar como um ato perigoso.

Não há sociedade sem tirano. A questão é detectar para onde o cortejo fúnebre se dirige e onde está a multidão que aplaude o substituto. E não confundir, pois muitos filósofos populares hoje ficam roucos com o megafone da desconstrução se apresentando como contrapoder, mas são o próprio poder. Aí estão as letras miúdas, eles são o poder. Eu teria gostado de ter nascido nos anos 1920, embora na Europa tivessem me gaseificado no ardor da juventude. Teria gostado de ter nascido em 1945 e, desde o berço, ver como destroçam os grupos da Resistência. Nascer nos anos 1960, embora na América Latina os grupos de força-tarefa tivessem me assolado. Mas nasci em 1977, e o nascimento que não ocorreu será sempre um fantasma, uma melodia inaudível, como aqueles que viram morrer um irmão afogado ou no sótão, em plena infância, um acidente com os projéteis do pai. A outra vida, aquela que não se teve, é algo que não se desprende. *Doppelgänger*. *A dupla vida de Verónique*, de Kiéslowski; *Persona*, de Bergman. Imagino um relógio de parede de madeira com um passarinho que diz que estamos no século XXI, cuco, é preciso escrever agora. O mundo oscilou nos anos 1970, quando a ideia de felicidade individual começou a ser delineada. A ideia distorcida que nos levou rapidamente ao fracasso. Sejam felizes. O relógio diz que é preciso escrever agora, na Era das Tribunas, a armadilha do obscurantismo militante, do *gulag* digital ao menor erro. É preciso escrever a partir da ideologia acumulativa da inclusão. Sempre mais e mais inclusão, correndo o risco de deixar os outros de fora ou cair no absurdo da identidade sexual paródica. É preciso escrever agora. O que se deve fazer?, do que se tem de abrir mão para estar em sintonia com a época, para não estar sozinho? Virginie Despentes sabe bem disso. Enfia o dedo no cu dos poderosos, defende as profissionais do sexo, amaldiçoa os burgueses de Paris e glorifica e estetiza os terroristas islâmicos da França. Porque, para conservar o poder, é preciso estar do lado que convém. John Berger dizia que "todo escritor é um órfão que escreve para outro órfão". Fico aliviada de pensar assim. Os escritores precisam escrever contra a mentalidade que lhes é atribuída, contra a pressão coletiva, mas o problema não é o que escrevemos, o que publicam de nós, o que nos instigam a escrever, o problema é o que somos.

Emmanuel Macron anunciou há alguns anos um plano para "uma geração livre de tabaco aos que tiverem vinte anos em 2030". Meu filho fará vinte anos em 2030, então Macron já está projetando a vida dele, que, de toda maneira, já está projetada.

Um documentário conta a memória tabu, o lado oculto da Libertação francesa que ajudou a se livrar da ocupação sob as ordens de De Gaulle. Tinham de libertar a França antes que os Aliados entrassem com cigarros e chocolates para garantir a soberania. Da Casa Branca, Roosevelt já estava imprimindo notas francesas, mas sem a palavra República, um detalhe. Lembro-me de Madeleine Riffaud com o nome de guerra "Rainer", "aquele nome de homem, de poeta e de alemão em homenagem a Rainer Maria Rilke". Era uma estudante de medicina de dezenove anos na Sorbonne que se juntou aos Francs-Tireurs et Partisans [Franco-atiradores e *partisans*] (FTP), um movimento de resistência interna criado no final de 1941 pelo Partido Comunista. Primeiro com tarefas de sabotagem, entrega de mensagens, até atirar duas vezes na cabeça de um oficial das SS que passeava sozinho às margens do Sena numa tarde de verão de 1945. Antes, ela havia tentado atirar num soldado alemão, mas não conseguira fazer isso a sangue-frio. "Ah, você não passa de uma pequeno-burguesa", disseram seus camaradas. Mas ela foi descoberta, capturada pela Gestapo e torturada durante os interrogatórios. Como o código impunha, suportou três dias sem falar (nunca disse nada). Dessa forma, seus camaradas souberam que ela havia sido capturada e que deveriam cortar todos os laços. Madeleine foi condenada à morte, mas se salvou graças a uma troca de prisioneiros. Depois esteve no comando de várias ações quando a Resistência assumiu o poder na Libertação. Mais tarde, falsos resistentes apontaram supostos colaboradores para julgá-los. A guerra não tinha acabado, começava outra. Em pouco tempo ocorreu uma inversão radical, e os oprimidos se tornaram opressores.

Perto de minha casa, no 13º arrondissement, no sul de Paris, um instituto odontológico foi usurpado como tribunal improvisado. Vítimas e carrascos, falsos resistentes e falsos colaboracionistas, comunistas, anticomunistas e antissemitas, eram jovens. Foi há setenta e seis anos, as pessoas de noventa e poucos anos, que andam por esta cidade de sombras e bares fechados usando máscara, viveram tudo isso. Aqueles que estão confinados em seus estreitos apartamentos, ou isolados no campo, se lembram de tudo. Quando um jornalista se aproxima deles, falam sobre como era aquele outro mundo. A época em que centenas de jovens viviam escondidos nas florestas para não serem capturados e submetidos a trabalhos forçados, a época em que as ideias de liberdade, vingança, revolução, soberania, inimigo e justiça faziam parte do dispositivo mental dos jovens. Não se trata de uma glorificação pueril daquela geração que punha explosivos nos trilhos do trem, ou denunciava o vizinho judeu, ou morria nos campos. Não se trata de uma demonização pueril dessa geração que vive, ou é feita para viver, no aplicativo de vídeos chinês TikTok. (TikTok, TikTok, parece o nome de uma patologia psiquiátrica ou uma bomba-relógio que vai explodir na sua cabeça.) O TikTok, que já ultrapassou dois bilhões de downloads e faz as pessoas dançarem.

Sabemos que qualquer dispositivo implica acessos que podem monitorar a atividade dos usuários e, mesmo assim, aceitamos ser reduzidos à condição de usuários e ser monitorados. Na verdade, saindo o mais rápido possível da armadilha e da fraude intelectual que toda dicotomia é, trata-se apenas do estupor que me causa ver como em setenta anos, e na verdade eu diria que em trinta anos (porque para aqueles da minha geração, nascidos no final dos anos 1970, essas ideias eram nossa vida), os jovens deixaram de ser combatentes e adultos, de viver uma vida épica, para serem infantilizados em aplicativos.

Como escreve Marcuse em sua obra *O homem unidimensional*, a sociedade capitalista "avançada" se apresenta como uma sociedade na qual o homem perdeu seu senso crítico. É triste que meu filho, aos vinte anos em 2030, dance no TikTok monitorado como uma criança.

Eu estava andando pela vila (não é uma vila, é muito menor que isso) quando me deparei com uma antiga vizinha. Um censo (os censos são proibidos na França, não se pode saber quantas pessoas de cada etnia há, pode-se perguntar como eles se percebem, não o que são) diria que onde eu moro há: dois argentinos, treze franceses autênticos, dois gatos, dezoito galinhas e quatro cachorros. A garota me cumprimentou e subimos juntas a colina. Quase não falava, mas num momento lá no alto de onde se vê, como em Hollywood, o nome das grandes vinícolas em letras brancas, ela disse que tinha ido morar no sul e percebera que odiava os judeus. Acrescentou que os odiava, mas que nunca tinha visto um. "Aqui não há", disse. "Como no Japão, um país com correntes antissemitas, mas quase sem judeus", complementei. Não é preciso nada para odiar, a paixão se justifica por si só. Percorremos mais plantações entre as estacas e seus arames farpados até que eu disse: "Eu sou judia". Continuamos andando, e ela falou: "Mas você não parece".

Lembro-me sempre dessa cena, da lentidão da caminhada, do cheiro pesado e opressivo dos cachos de uva, do sol como uma explosão na colina de Sancerre e do estrondo: "Mas você não parece". Sempre me pergunto com quem me pareço, com quem os outros se parecem.

Há uma divertida anedota de Hitler de quando as pessoas à sua volta o alertaram sobre o passado judaico de um amigo de seu círculo íntimo. Hitler respondeu, colérico:

"Mas eu decido quem é judeu e quem não é". Duas casas mais abaixo, mora um policial aposentado com a esposa e um poodle branco. Desde o primeiro dia ele me olha atravessado. Uma vez eu estava na frente de uma casa incendiada, e ele me xingou do portão. Desde esse dia, eu sempre o cumprimento com muita cortesia, mas o olhar de desprezo persiste. Ao contrário dele, um amável senhor de uns noventa anos assomado à janela me contou que eles haviam vivido a Ocupação e, depois da Libertação, alguns alemães se estabeleceram na vila porque haviam se afeiçoado a ela e hoje já parecem franceses. Para ele, eu tinha "uma linda raça e era brasileira". Uma *garota*,* pensei.

Em uma exposição no Museu da Marinha, vi a história dos diferentes uniformes militares ao longo dos séculos e como cada exército experimentou várias camuflagens para ser invisível ao inimigo, sem nunca ter sucesso. Segundo Sartre, em *Reflexões sobre a questão judaica*, é o olhar dos outros que faz do judeu um judeu. Não é a história, a religião ou o território que une os "filhos de Israel". Sartre acreditava que havia um antissemitismo latente nas mentes que queriam ser abertas. São hostis ao judeu na medida em que este se vê, pensa em si mesmo como um judeu. Essa é a única condição. Sartre escreveu isso em 1944, quando os campos de extermínio ainda não tinham sido liberados. Foi publicado em 1946, e hoje tudo continua exatamente igual.

---

* Em vez de *muchacha* ou *chica* (os termos em espanhol correspondentes a "garota"), a autora escreve a palavra em português; por esse motivo foi preservado o itálico. [N.T.]

Marguerite Duras disse que só há um verdadeiro confronto consigo mesmo na escrita, que só a escrita (ela, que gostaria tanto de ser musicista) obedece a uma exigência absoluta e implica um alto risco. Seria necessário pensar sobre o que mudou neste século, por que parece que a palavra escritor e o ato de escrever perderam seu caráter excepcional, ou por que a democracia chegou até eles, ou seja, a peste. Hoje não é para qualquer um ser pianista. Na verdade, se alguém se apresentar num concurso de piano sem conhecimento, será tirado de lá pelas forças de segurança. Não é para qualquer um ser bailarino ou tenor, porque para ser tenor a tessitura da voz tem de estar situada entre a do contratenor e a do barítono, diriam, e para dançar balé é preciso ter torso, costas, pés e pernas fortes, um corpo flexível, disciplina, estrutura definida etc.

Com a escrita ocorre algo insólito, como se o axioma tivesse sido falsificado, escreve-se para se tornar escritor, ou se torna escritor porque se escreveu. Não há mais mistério na passagem do ser e do não ser além da concretude de ter escrito e do livro. Hoje os escritores são personagens que se compõem para serem vistos, não mais uma política de autor, um nome de guerra, uma cruzada. As *selfies*, vivas, contribuem para adoçar a aparência dos escritores. Num programa, foram exortados a contar como haviam escrito seu livro mais popular e por quê, como se tal pergunta tivesse resposta.

Uma autora me contou que um livro de reflexões sobre arte acabou mudando de tom com a descrição de como o autor havia ganhado um prêmio. Não, de como ele descobriu que havia ganhado o prêmio.

Não só a assinatura de contratos é exibida e o personagem do escritor é fabricado com gestualidades externas, tiques, estribilhos, mas também o inimigo do escritor chegou ao seu próprio livro e é seu narcisismo.

A esterilização forçada, especialmente a realizada em mulheres indígenas, afro-americanas ou com alguma doença mental, foi uma política de limpeza racial. À frente disso estavam Hitler e Fujimori, mas também ocorreu no México e na União Soviética com os trabalhadores deportados da Romênia. Nos julgamentos de Nuremberg, os nazistas se desculparam alegando terem sido inspirados pelos Estados Unidos. Na China, nascer mulher pode ser uma tragédia, sendo preferível dar à luz "o homem da casa", ideia que persiste no imaginário. E nada é mais poderoso do que o imaginário.

Sempre me lembro daquela grávida de nove meses que se jogou pela janela do hospital na China porque não a deixaram ter uma cesariana, vista como um estigma em seu país. Desde a Antiguidade, as mulheres fazem o que podem para abortar: pressionam o abdômen, tomam ervas abortivas, usam agulhas de tricô, guarda-chuvas, mangueiras, canetas, injeções intrauterinas, sondas, objetos cortantes. Aborto legal? Pinochet não apreciava. Também não era do agrado de Ceaușescu, que o criminalizou. A Corporación Miles, no Chile, denunciou que só nos resta a opção de "aborto acidental", que consiste em cair da escada ou ser atropelada por um carro para que, "casualmente", o impacto recaia na barriga; no entanto, isso não reduziu o número de meninas forçadas a parir até a morte.

Uma amiga me disse que ficava triste ao ver mulheres lutando para impedir o aborto legal. Isso não me surpreende, não tenho uma visão essencialista de gênero. Ilse Koch (esposa de Karl Koch, comandante dos campos de concentração de Buchenwald e Majdanek entre 1937 e 1943) também era mulher. E o fato de mulheres terem se infiltrado para promover uma falsa maré verde também não é novidade. Há um abismo entre ser mãe na Noruega e na Somália, mas esse não é um argumento único, nem a pobreza, nem a doença.

Forçar uma mulher a continuar uma gravidez, assim como forçá-la a ser estéril, é uma depravação. Se ter um filho desejado é algo tão violento, não consigo imaginar sem desejo.

No século XIII, definiam a tortura como a busca da verdade por meio do tormento. No século XXI, parece que a tortura é definida como defesa da vida.

Na única vez que fiz análise, a psicanalista me disse que pensar na morte o tempo todo é psiquicamente impossível e que deve haver momentos em que não sabemos que vamos morrer. Eu tinha dito a ela que a morte me assediava vinte e quatro horas por dia. "Mesmo quando você escreve?" "Quando escrevo, ainda mais." Escrever é, como dizia Céline, "uma batalha contra a morte". Me pergunto por quê, além do fato de ser argentina, de ter nascido nos anos 1970, de estar longe, chorei tanto pela morte de Maradona. Acho que tem a ver com a escrita. Na verdade, com um tempo que se perdeu.

Bobby Robson disse: "Nunca vou esquecer, acordo suando no meio da noite. Tenho pesadelos pensando naquele gol, foi tão rápido. Me deu vontade de levantar e aplaudir, foi uma loucura, uma obra de arte. Nem cometendo faltas conseguíamos pará-lo, é a melhor coisa que já vi na vida". Quem dera poder escrever e fazer com que um leitor acorde no meio da noite, tenha pesadelos e nunca mais consiga esquecer.

Todas as épocas julgaram e abominaram o gênio; o poder e as massas são sempre convencionais, e o gênio odeia a convenção. Sempre se divertiram com ele, usaram-no, e o artista não se importou. Não tem problema, é uma guerra recíproca. O que está errado é que os artistas de hoje querem ser apreciados pelo mercado, pela sociedade. Maradona foi um viciado em drogas, contanto que todos os viciados em drogas sejam Maradona.

Contra os *poncifs*. Baudelaire escreve em "Salão de 1846": "Quando um cantor leva a mão ao coração, ele comumente quer dizer: Vou amá-la para sempre. Se ele apertar os punhos olhando para o ponteiro ou para as tábuas, isso significa: O traidor vai morrer! Isso é *poncif*. Tudo que é convencional e tradicional tem algo de *poncif*".

"Como podemos continuar saboreando 'os prados repletos de flores — esses belos lugares — que ela banhava em lágrimas'? O que na retórica clássica era um modelo de tropo se tornou para nós o cúmulo do clichê." Embora o clichê, em sua dimensão crítica de linguagem cristalizada, repetida e comum, seja uma noção que só se desenvolve realmente no século XIX.

Marcel Proust trabalha a percepção no segundo volume de *Em busca do tempo perdido*, *À sombra das moças em flor*. Proust descreve o caráter do barão de Charlus: "No desenho das calças, uma risca verde-escura harmonizava com a cor das meias, um refinamento que denotava um bom gosto alerta, mas que não deixava levantar a cabeça além daquele detalhe, por mera tolerância; na gravata, um pontinho rosa quase imperceptível, como uma liberdade que dificilmente se atreve a tomar".

O barão tenta representar seu gênero masculino com o menor desvio possível, embora se percebam nele os pontos de fuga. Proust estende o conceito para as atuações sociais. Será que realmente precisamos nos abanar com as mãos quando sentimos calor ou estamos apenas representando o sinal típico de calor? Será que olhamos para o relógio várias vezes enquanto esperamos por informações ou porque é isso que se deve fazer enquanto esperamos? Essa será uma questão estética de *Em busca do tempo perdido*, a invenção artística contra os *poncifs*.

Além do fato de que há quem veja no clichê e no estereótipo apenas cristalização sem dinamismo, desgaste semântico e outras teorias que exaltam sua reelaboração e eficácia, além das variações e evoluções nos significados que modificam a visão do clichê e seus efeitos desde a Grécia Antiga, a questão é sobre a singularidade das atuações da vida. Os cafés acumulados durante uma espera estão tão cristalizados que não sentimos que fomos deixados para trás se não tomarmos pelo menos três xícaras? E no amor romântico, na ansiedade amorosa diante da ausência de uma chamada, sofremos de maneira diferente se não realizarmos os gestos de verificar repetidamente que não há mensagens ou chamadas perdidas? Por quê, quando cometemos um erro e andamos meio quarteirão para o lado errado, precisamos fingir que olhamos uma vitrine antes de nos virarmos de repente? Como se disséssemos: eu não me enganei, não fui tonto, esse desvio foi premeditado, eu estava muito interessado em ver a vitrine desta loja, mesmo que eu não saiba o que vendem.

Nesse sentido, Heinrich von Kleist, em *Sobre o teatro de marionetes*, tem uma postura muito interessante. Von Kleist considera a matéria absoluta como algo desejável, uma vez que não envolve a consciência, a qual afasta o homem do estado de inocência. Relaciona a chegada da reflexão com a expulsão do paraíso; as calamidades, diz ele, começaram quando comemos o fruto da árvore do conhecimento. O espírito absoluto também é positivo para Kleist, pois através da consciência infinita podemos acessar a graça.

Von Kleist escreve: "Há cerca de três anos — comecei a relatar —, eu estava tomando banho na companhia de um rapaz cuja figura na época era de uma graça maravilhosa. Devia ter uns dezesseis anos, e só remotamente, convocado pelo favor das mulheres, nele podiam ser apreciados os primeiros traços de vaidade. Por acaso, tínhamos visto recentemente em Paris o jovem que retira um espinho do pé. O molde da estátua é conhecido e se encontra na maioria das coleções alemãs. Um olhar que ele lançou para um grande espelho no momento de pôr o pé no banquinho para secá-lo o fez lembrar. Ele sorriu e me contou da descoberta que fizera. Na verdade, naquele exato momento, eu também tinha feito a mesma descoberta. Eu ri e disse a ele que estava tendo visões. Ele corou e levantou o pé uma segunda vez para me convencer. Mas a tentativa, como era de esperar, fracassou. Levantou o pé pela terceira, quarta vez, levantou-o certamente dez vezes. Em vão!; era incapaz de reproduzir o mesmo movimento. Além disso, nos movimentos que fazia havia algo de tal comicidade que mal consegui conter o riso".

Quando chega a consciência de estarmos sendo observados, de sabermos que alguém nos observa com entusiasmo, a atuação aparece. Se por acaso escapamos e temos um gesto "espontâneo", ao ser percebido ele se torna consciente, se relaciona com um gesto anterior, com algo icônico, um filme, um quadro, e entramos no "como se". Não vamos fazer um tratado sobre a espontaneidade, apenas nos perguntar: de que maneira esperaríamos, sem imitar, a cadeia de gestos que nos atravessa quando pensamos na espera?

O ruído de uma época define o relato que os mortos fazem aos vivos e os mortos aos mortos, de túmulo em túmulo, de livro em livro. E define seus poetas, seus músicos. O ruído de uma época define as pessoas que viveram nesse capítulo da história, capítulo 4 na Paris do século XIX, capítulo 10 na Buenos Aires de 1900, capítulo final na Viena de 1500. Como já disse o canadense R. Murray Schafer com o conceito de "paisagem sonora", ou *"soundscape"*, cunhado em defesa do valor do silêncio e do som em si mesmo como fonte de criatividade.

    O ruído define a sensibilidade, o estilo, o nível dos gritos, dos alaridos e solilóquios e os delírios durante o sono. Teria Chopin composto o *Estudo, Op. 25 nº 9* sobre o voo de uma borboleta se não tivesse ouvido o que ouviu entre 1832 e 1834 nas campinas da França? De onde vem a composição atonal, a música dodecafônica de Schönberg? Ou de onde surge o silêncio da luz solar dos quadros de Vilhelm Hammershøi?

    O ruído de uma época define as declarações de paixão, suas variações, como um poema cem vezes relido. O ruído e o silêncio, esse desafio a um duelo. "Tempo do Ruído" é o nome dado ao fenômeno que ocorreu em 1687 na cidade de Santafé de Bogotá e arredores. Aquele barulho misterioso e ensurdecedor de origem desconhecida gerou um pânico coletivo entre os habitantes. Penso nos carrilhões que diariamente e a cada momento lembravam aos homens o próprio sentido de sua existência.

Quando eu era estudante em Puan, era preciso fazer silêncio na biblioteca da universidade. No entanto, para aqueles que achavam que esse silêncio obstruído por piadas era insuficiente, podia-se entrar numa sala envidraçada, como as cabines para fumantes, e ficar ainda mais em silêncio. Há poucos dias, eu olhava a neve cair sobre a fumaça das chaminés, sobre os galpões, sobre a madeira que resta do inverno e pensava no momento em que descobri que podia escrever. Foi na casa de uma senhora no campo, à beira do rio. Havia um piano e discos de Glenn Gould. Escutei-o pela primeira vez cantando e interrompendo a *Partita nº 2*. Glenn Gould para de tocar, levanta-se, vai até a janela e depois volta ao piano, sem nunca perder o ritmo, como se tivesse um metrônomo embutido. Tenho certeza de que isto — esse silêncio das mãos suspensas sobre as teclas — é escrever.

SOBRE A AUTORA

Ariana Harwicz nasceu em Buenos Aires, em 1977, e mora no interior da França desde 2007. *O ruído de uma época* é seu sexto livro.

Harwicz é também autora dos romances *Morra, amor* (2012), *A débil mental* (2014), *Precoce* (2015) — os quais formam a chamada "trilogia involuntária" sobre maternidade e paixão —, *Degenerado* (2019) e *Perder el juicio* (edição original no prelo). É coautora de *Desertar* (2021), no qual discorre sobre literatura, tradução e deserção da língua materna com o escritor francês Mikaël Gómez Guthart.

Morra, amor será adaptado para o cinema pela produtora de Martin Scorsese. A versão em inglês da obra, *Die, My Love*, foi indicada aos prêmios Edinburgh International Book Festival First Book Award 2017, Republic of Consciousness e Man Booker International 2018, e foi finalista do Best Translated Book Awards-BTBA 2020. Sua tradução alemã, *Stirb doch, Liebling*, concorreu ao Internationaler Literaturpreis 2019.

Harwicz teve contos publicados em importantes veículos internacionais, como *Harpers*, *Granta*, *Letras Libres*, *Babelia*, *The White Review*, *Brick*, *Paris Review*, *The New Yorker*, *La Quinzaine littéraire*, *Quimera*, *The Guardian*, e em antologias na Argentina, México, Espanha, Estados Unidos e Israel. Suas obras foram traduzidas para os seguintes idiomas: alemão, árabe, croata, finlandês, francês, georgiano, grego, hebraico, holandês, inglês, italiano, polonês, português, romeno, sérvio, turco e ucraniano.

SOBRE A CONCEPÇÃO DA CAPA

Imprinting é um termo da língua inglesa que significa imprimir uma marca, uma gravação, um sinal — enfim, uma intervenção física registrada em determinada superfície a partir de certa pressão. Na semiótica, essa marca ou índice destaca a relação causal entre o signo e o objeto, fornecendo um meio de representar a realidade e interpretar o mundo ao nosso redor com base em evidências e relações diretas.

Com efeitos originados por uma fotocopiadora dos anos 1990 aplicados sobre o *lettering* da capa e interferências visuais no miolo — desta vez impresso em Offset 90g/m² para remeter ao papel em que tais cópias eram produzidas —, o intuito é fazer com que o leitor interprete as texturas como distorções de um original, que no caso é a vida real.

Conforme a reflexão de Ariana Harwicz na página 33 deste volume: "Se aplicássemos os limites da vida civil à ficção, qual sentido teria a arte? Seria como uma cópia ruim da vida. A arte é uma visão, e as visões são sempre proféticas".